www.tredition.de

AF196922

Die Gefahren, welche du direkt erkennst, sind
nichts gegen die Risiken, die im Verborgenen
auf dich warten.

www.simonsprock.com

SIMON SPROCK

***

SCHMITT UND TEAM GEGEN DAS REGIME

Ein packender Thriller auf internationalem Level

www.tredition.de

© 2020 Simon Sprock

1. Auflage

Umschlagbild: © Leo Lintang (Adobe Stock)

Unterstützung in der Vermarktung:
Sprock Ventures UG (haftungsbeschränkt)

Verlag und Druck: tredition GmbH, Halenreie 40-44, 22359 Hamburg

ISBN
Paperback: 978-3-347-01399-5
Hardcover: 978-3-347-01400-8
e-Book: 978-3-347-01401-5

Inhaltsverzeichnis

Vorwort

Geschehnisse und Entscheidungen wiederholen sich in der Geschichte der Menschheit. So wie sich Trends in der Mode wiederholen, so springt der Mensch auch zwischen politischen Systemen. Es gibt Situationen, in denen das manschliche Wesen nicht aus Fehlern vorheriger Generationen lernt. Im Bildnis muss jedes Kind für sich selbst lernen, was es bedeutet, dass eine Herdplatte heiß ist.

Diese Erzählung setzt auf die Geschichten der Erlebnisse von Agent Michael Pfeiffer und Buchhalter Steffen Schmitt auf. Steffen übernimmt hierbei die Erzählerposition. Sie befinden sich aktuell in vermeidlicher Sicherheit in Tel Aviv, müssen aus der Ferne beobachten, wie ihr Heimatland vom sozialistischen Regime in die Knie gezwungen wird.

Agent Pfeiffer ist hierbei ein seit Jahren erfahrener Agent des BfV. Er ging bereits durch Höhen und Tiefen eines Ausmaßes, welches sich kaum jemand vorstellen kann. Inzwischen ist er endlich in Sicherheit bei seiner Familie angekommen, doch macht er sich Sorgen um die Heimat.

Steffen ist nur durch einen Hoffungsvollen Flirt in die Misere geraten, im eigenen Land nicht mehr sicher zu sein. Die neugefundene Liebe und das sie umgebene Team schenken ihm Kraft und Motivation, weiter zu machen, sich nicht hängen zu lassen. Neben seiner Liebe Hannah, bringt er mit Florian und Sarah auch zwei weitere erfahrene BfV Agenten mit sich mit. Gemeinsam befinden sie sich zunächst in der Beobachterstellung. Lange hält es sie aber nicht im passiven Zustand. Sie wollen etwas verändern, das Heimatland retten.

Dieser Roman erzählt die fiktive Geschichte des Wandels einer Gesellschaft, die den Kreislauf wieder schließt. Sie beschreibt die Geschichte sich wiederholender Dramen und Systematiken auf Basis des menschlichen Wesens. Mit diesem Buch will ich dich in eine theoretisch mögliche Geschichte entführen, auf der diese Ansätze ins Extrem geführt werden. Die Erzählung setzt auf drei vorherige Romane auf. Sie zieht mitreißende Kreise in Europa und der ganzen Welt.

Selbstverständlich wird auch die Liebe eine wichtige Rolle spielen, die Liebe zwischen Personen und die Liebe zum Vaterland. Schließlich ist die Liebe oder Nächstenliebe ein wichtiger Bestandteil im Miteinander der Menschheit. Sie ist in der Regel konstruktiv und das was uns zusammenhält.

Im ersten Kapital wird die aktuelle Lage noch einmal beschrieben, bevor dieses Buch wieder einen unglaublichen Spannungsbogen schlägt.

Lass dich mitreißen! Dieser Roman soll dich als Leser dazu anreizen, über aktuelle Änderungen nachzudenken. Welche Konsequenzen könnten sich hieraus für dich, deine Kinder, Familie und Freunde, dein Umfeld oder dein Land ergeben? Wirst auch du, wie der Protagonist, zum Verfechter der Offenheit zwischen Menschen, Fortschritt, Innovation, dem Sozialwesen und der Wirtschaft? Oder verbindest du das Leben mit einer anderen Meinung? Hast du andere Erfahrungen gemacht?

Systeme gehen unter

In Tel Aviv angekommen, haben wir direkt ein Sondervisum für politisch Verfolgte erhalten. Gleichzeitig durften wir aber auch nicht mit Familie oder angehörige in der Heimat telefonieren. Zu groß ist die Gefahr, dass wir abgehört oder sogar geortet werden. Ein zu Hause gibt es für uns zunächst nicht mehr, es sei denn, wir nennen Tel Aviv unser neues zu Hause. Aber auch diese Stadt, dieses Land kämpft mit seinen eigenen externen und internen Bedrohungen, Herausforderungen und Problemen.

Hannah und ich bekommen ausreichend Möglichkeiten, uns besser und tiefer kennenzulernen.

Wir leben zusammen in einer etwa 40 Quadratmeter großen Einraumwohnung. Der Zustand der Bausubstanz kann man schlecht mit den Standards vergleichen, die ich aus Deutschland kenne. Das Leben hier ist teuer, weshalb uns auf Grund unserer Ausbildung und Erfahrungen angeboten wurde, den Mossad zu unterstützen, ja sogar mir wurde das angeboten.

Unser Fokus liegt auf der EU: Informationen sammeln, die Situation verstehen und Risiken darstellen, berichten.

Parallel zum Kennenlernen haben wir also angefangen, uns in den Räumlichkeiten und mit den technischen Anlagen des Mossad darüber zu informieren, was in Deutschland, in Europa wirklich vorgeht.

An manchen Tagen liegen wir am Strand, zu zweit oder auch mit den anderen Team-Mitgliedern, sogar mit der Familie von Pfeiffer. An diesen Tagen schalten wir einfach ab. Aktuell haben wir kaum die Möglichkeit, irgendetwas in Deutschland oder in Europa zu bewegen. Deshalb suchen wir die Balance zu den anderen Tagen, in denen wir spionieren, uns Informationen über unsere Heimat verschaffen.

Schnell fällt uns auf, wie sehr die Medien in Deutschland die Wahrnehmung der Zustände beeinflussen. Ob es der Wahrheit entspricht oder Details weg lässt spielt oft keine Rolle. Wahr ist, was berichtet wird, was die Leute glauben wollen, egal ob es stimmt oder nicht. Fake News werden so oft als Wahrheit definiert, Wahrheit hingegen wird als Fake News deklariert. Traurig, aber wahr. Was die Bevölkerung glaubt oder glauben will wird von den Medien und der persönlichen Meinung bestimmt. Da wird die Erde schon mal zu einer Scheibe. Wer zu weit läuft, fällt von der Kante der Erde herunter. Jeder Mensch bildet seine eigene Realität, manchmal leider fernab von Fakten.

Jetzt, da die meisten Medienhäuser verstaatlicht sind, gibt es kaum noch eine regierungskritische Berichterstattung. Die Informationen, die wir über Informanten erhalten, geben allerdings ein anderes Bild wieder. Daher sind wir uns einig, eine freie Berichterstattung ist das nicht. Meinung wird jetzt von der Regierung gebildet. Langsam, aber sicher wird die Meinungsfreiheit eingeschränkt.

So erfahren wir von den Methoden und dem Ausmaß von verschiedenen lokalen Agenten und Touristen in Israel. Wir informieren uns nicht nur über Deutschland, sondern über die gesamte EU.

Die politische Extremisierung und Umorientierung in Richtung Sozialismus gibt es faszinierender Weise fast zeitgleich in vielen Ländern der EU. Egal ob in Links- oder Rechtssozialismus: Immer mehr Unternehmen werden verstaatlicht. Zuerst werden Unternehmen abgekauft, später zwangsverstaatlicht. Von Informations- und IT Unternehmen über Wohnungsbaugesellschaften und Medienhäusern bis hin zum Produzierenden Gewerbe greift die Verstaatlichung wie ein Krebsgeschwür immer mehr in die Wirtschaft der einzelnen Länder ein.

Gehälter werden angeglichen: Top-Verdiener verdienen weniger, Geringverdiener mehr. Das ist an sich ja gar nicht mal so schlecht, aber wird auch bekannt, dass immer mehr hochqualifiziertes Personal nach China und Indien auswandern, in die freien Märkte. Frei ist der Markt in der EU nicht mehr.

Geringverdiener und Arbeitslose erhalten in einigen Ländern, darunter auch in Deutschland nach einigen Wochen sogar Kredite mit einer Negativverzinsung zugesprochen. Gutverdiener müssen hingegen für Kredite Zahlen. Es soll der Wohlstand im Durchschnitt angeglichen werden, egal wie faul oder engagiert, wie talentiert oder talentfrei jemand ist, propagiert wird die Gleichheit aller. Alle sollen gleichbehandelt werden. So ist zumindest die öffentliche Aussage in den Medien, die Stellungnahme der Politik. Das wahre Ergebnis mag anders aussehen.

Unter der Hand wird uns über die nächsten Monate allerdings bestätigt, dass Unterstützer der linksextremen Partei eindeutig Vorzüge erhalten, egal wie wohlhabend sie sind. Sie erhalten bessere Wohnungen, höhere Kredite, bessere Konditionen und eine bessere Ausbildung. Institutionen, aber so auch die zentrale Europabank sowie die Deutschlandbank und andere Institute bekommen den politischen Druck und die politische Einflussnahme direkt zu spüren. Arbeitsplätze werden zugewiesen und das nur selten auf Basis der Qualifikation. Die Planwirtschaft findet immer mehr Einzug. In vielen Ländern zeichnet sich bereits ab: der Sozialismus dient als Vorstufe lediglich der Einführung kommunistischer Systeme. Wird also das große Chaos kommen?

Ähnliche Szenarien spielen sich in vielen Ländern der EU ab. In einigen Staaten steigt parallel aber auch der Fremdenhass an.

Zeitgleich schießt in der gesamten Eurozone die Inflationsrate in die Höhe. Dies bedeutet: Güter werden teurer, da die zentrale Europabank immer mehr Geld in die EU-Wirtschaft pumpt, damit sich Sympathisanten der sozialistischen Parteien ein schönes Leben machen können.

Uns tut es weh, die Veränderungen aus der Ferne mitzubekommen. Noch mehr sogar, dass wir nicht wirklich Einfluss nehmen können. Es sollen noch immer Haftbefehle auf uns ausgestellt sein.

Die Teuerungsrate steigt immer weiter an. Bald sind Effekte in der Weise spürbar, dass auf Basis der Planwirtschaft der wirtschaftliche Erfolg von Unternehmen verplant wird. Weniger qualifiziertes Personal gelangt an die Spitze. Sie scheitern, erhalten teilweise noch eine Bankfinanzierung, aber immer seltener.

Es gibt weniger Anbieter am Markt. Die Arbeitslosigkeit steigt. Zur gleichen Zeit wird die Produktion teurer, da sich Löhne und Gehälter der Inflation anpassen sollen. Ansonsten sind bald alle arm. Dies wiederum sorgt dafür, dass auch die Rohstoffe teurer werden. Schließlich schießt auch der Preis des Produktes wieder in die Höhe. Konsequenter Weise reagiert auch der Export. Exportzahlen sinken. Mehr Unternehmen scheitern. Mehr Arbeitnehmer verlieren ihre Jobs. Sie müssen Kredite aufnehmen.

Schon bald wird uns auch davon berichtet, dass langsam der Einkauf von Grundnahrungsmitteln und Medikamenten eingeschränkt wird. Wirtschaftliches Handeln ist nicht mehr möglich. Zu groß sind die Konsequenzen der Inflation. Die Regale in den Geschäften sind immer öfter leer. Importe werden zu teuer. Menschen stehen Schlange vor Supermärkten.

Der Unmut der Bevölkerung fängt allmählich an, zu wachsen. Zunächst in Frankreich, dann in Italien, Spanien, Österreich, Deutschland, Belgien und Polen. Auf kurz oder lang in allen Staaten in denen sich der Sozialismus breitgemacht hat. Studenten und andere Personen gehen langsam, aber lautstark auf die Straße, nicht mehr nur für mehr Umweltschutz, sondern vermehrt auch gegen das System.

Der rechtssozialistische Präsident Frankreichs soll auf einmal bei einer ansonsten friedlichen Demonstration einen Schussbefehl gegeben haben. Zwei Menschen starben, unzählige weitere wurden verletzt, auch durch die folgende Massenpanik. Ähnliches hatte sich vor einigen Jahren auch bereits in Deutschland ereignet. In Deutschland konnten die Politiker den Vorfall relativieren, auf andere schieben. Die Franzosen ticken aber anders. Sie sind temperamentvoller.

Aus anderen Ländern erhalten wir Informationen über gezielte taktische Morde von politischen Gegnern. Die Medien berichten hierüber allerdings nichts. Oppositionsmitglieder oder offenkundige Regierungskritiker verschwinden spurlos. Die Medien schweigen auch hierzu, oder schaffen es, die verschwundenen Personen als Klassenfeinde darzustellen. Teilweise ist sogar die Rede von Stasi-Methoden. Diese seien notwendig, um das System zu erhalten.

Kurzum: Menschen werden nicht überzeugt, sondern über die Medien überredet. Wenn das nicht hilft, dann werden sie eingeschüchtert oder entsorgt, wie einige Agenten es beschrieben.

Auf Grund der Technik – Handys, Notebooks; Mikrofone und Kameras überall – haben die Wände nicht nur Ohren, sondern inzwischen sogar Augen bekommen.

Anwendungen mit künstlicher Intelligenz sowie Sprach- und Gesichtserkennung erlauben es den sozialistischen Staaten, auf effizienter Art und Weise, ihre Bürger zu überwachen. Da sehne ich mich in die Zeiten zurück, in denen die konservative Regierung der Innovation über Jahre hinweg hinterhergelaufen ist. Wenn sich technische Lösungen in den falschen Händen befinden, werden sie zur Gefahr für das Gemeinwohl.

Die politische und humanitäre Lage in den Euro-Ländern verschärft sich immer weiter. Immer mehr Menschen fliehen selbst innerhalb der EU in die Niederlande, nach Dänemark oder Skandinavien. Es gibt Flüchtlinge innerhalb der EU-eigenen Grenzen. Menschen und politische Alternativen werden unterdrückt oder sogar verfolgt und ermordet. Die rapide ansteigende Nachfrage – beispielsweise nach Wohnraum in den für Verfolgte sicheren Ländern – sorgt auch dort für einen immensen Preisanstieg. So ist das, wenn die Nachfrage steigt, das Angebot aber nicht annähernd mithält.

Linkssozialistische Staaten nutzen den Preisanstieg für sich als Propaganda gegen den freien Markt. Sie drehen die Schuld auf den Kapitalismus, irgendwie. Als Folge von allem erwägen Länder innerhalb der EU, Grenzen zu schließen, zum Schutz des eigenen Landes.

In Berlin sind die Konsequenzen der Verstaatlichung auf dem Wohnungsmarkt bereits jetzt am deutlichsten zu erkennen. Hier hatte die vermeintlich harmlose Welle der Verstaatlichungen begonnen. Der Traum war es, günstigen Wohnraum zu schaffen. Das Problem: Es wurde zu wenig neuer Wohnraum geschaffen. Die Nachfrage stieg bei fast gleichbleibender Menge. Die Zahl der gezwungenen Wohngemeinschaften und Obdachlosen steigt immer weiter an. Dem wirkt lediglich entgegen, dass langsam, aber sicher auch Unternehmen aus der Hauptstadt abwandern. Arbeitsplätze und Einnahmen für die Behörden gehen verloren. Freiwerdende Gewerbeflächen werden in staatlichen Wohnraum umgewandelt.

Private Wohnungen werden aufwendig saniert und auf Grund der starken Nachfrage exorbitant teurer. In staatliche Wohnungen wurde weniger investiert. Wen wundert das auch, die Politik kann kein Flughafen, kann einfach keine Bauprojekte realisieren oder aufrechterhalten. Verstaatlichte Wohnungen verkommen immer mehr. Der Putz bröckelt, anderen wird die Schuld gegeben. Hier ist im Extrem ersichtlich: Es bildet sich eine Zweiklassengesellschaft. Jene, die es sich leisten können und sich eine der wenigen privaten Wohnungen mietet und andere, die in verstaatlichten Gebäuden billig wohnen, aber wirklich billig. Qualität gibt es dort kaum noch. Bewohner erhalten lediglich ein Dach überm Kopf und vier Wände an der Seite. Ich habe vergleiche gehört wie: Verstaatlichter Wohnraum – das Projekt Flughafen in Form von Wohnungen.

In den letzten Jahren ist der Zustand der verstaatlichten Wohnungen immer armseliger geworden und Eigentum so teuer, dass es sich kaum jemand leisten kann, nicht den Kaufpreis, nicht die Steuern. Auch neu bauen ist so gut wie unmöglich.

Ich denke nicht, dass eine rein kapitalistische Marktwirtschaft die Lösung aller Probleme ist. Vielmehr sehne ich mich nach der Zeit zurück, in der es in Deutschland noch eine stabile soziale Marktwirtschaft gab. Nach jener Zeit in der es noch wahre Politiker-Persönlichkeiten gab.

So wie es sich in Deutschland entwickelt, schreitet es auch in den meisten anderen Ländern der EU voran: Der Reichtum wird reduziert, aber auch der Anteil an Armut steigt. Die verarmte Bevölkerung wird mit Krediten zum Negativzins bedient und die Inflationsrate explodiert in die Höhe. Politische Maßnahmen und die Teuerungsrate belasten Unternehmen, private wie öffentliche. Anstatt einer nachhaltigen Vermögensumverteilung wird ein funktionierendes System immer mehr in die Knie gezwungen. Die Lebensqualität und den Wohlstand von früher gibt es nicht mehr. Vermögen sind nichts mehr Wert, Supermärkte, Online Shops und andere Geschäfte haben immer weniger Produkte verfügbar. Der Schmuggel in den Grenzgebieten nimmt aber zu.

Nicht nur für die Bürger, auch zwischen den Staaten der EU schärft sich die Lage zu. Die linksextrem sozialistischen Regierungen halten zueinander, wollen sich aber von kapitalistischen Systemen schützen, sich abtrennen. rechtssozialistische Systeme wollen sich vor allen Außeneinwirkungen schützen. Einfuhrzölle werden erhoben, um eigene Märkte zu schützen. Ausländer sollen ausgewiesen werden. Diverse Staaten wollen sich von der EU abtrennen. Zu groß sind die Differenzen und Konflikte auf Staatenebene.

Im Grunde genommen bilden sich drei große Lager: Die Rechtssozialisten im Westen und Süden, die Linkssozialisten im Osten und der Mitte sowie die Liberalen und Konservativen im Norden.

Diese tiefgehenden Trennungswünsche und folgeschweren Konflikte zwischen den Ländern resultierten in einer politischen Machtlosigkeit auf EU-Ebene. Aus ist der Traum, den ich bis vor kurzem noch lebte: Ein starkes und vereintes Europa ohne Grenzen. Langsam, aber sicher kommt es wohl zu einer Scheidung, der Spaltung der Länder, wenige Jahre nach dem harten Brexit.

Wir, also wir alle, unser Team, wir halten jetzt hier in Israel zusammen, Informieren uns darüber was in der EU passiert. Wir fühlen uns machtlos und vermissen Familie und Freunde. Manchmal wünschten wir, wir wären dortgeblieben, aber wir hatten keine andere Wahl, keine Chance, wir hätten die sozialistische Walze nicht stoppen können.

Nach all den vermeintlichen Erfolgen von Ermittlern in ganz Deutschland, sowie auch von Agent Pfeiffer, war das Echo welches wir erfuhren unerwartet groß. Viele unserer Kollegen sind tot. Die anderen sind im Gefängnis. Inzwischen scheint die Lebensqualität hier in Israel – umgeben von feindlich gesinnten Staaten – besser als drüben, in der Heimat. Ein Großteil der Bevölkerung hier ist super zuvorkommend und hilfreich, freundlich. Ausnahmen gibt es immer, das ist aber auch klar, die gibt es überall.

Wie dem auch sei, heute Nachmittag, etwa zwei ein halbes Jahr nach der Flucht aus dem eigenen Land hatten wir uns getroffen. Dabei waren neben Hannah, Florian, Sarah, Pfeiffer und mir auch Ida, Leo und Yaron vom Mossad, sowie Melinda und Victor vom CIA.

In diesem Meeting haben wir uns entschlossen, gemeinsam nach Amsterdam zu fliegen, um von dort aus etwas zu unternehmen. Aus taktischen Gründen werden wir aber getrennt in Gruppen von zwei bis drei Personen fliegen und getrennt unterkommen. Die Kommunikation wird über Kurzwelle erfolgen.

Illusionen in Amsterdam

Wir alle landen in verschiedenen Maschinen in Amsterdam, schlafen in unterschiedlichen Hotels, immer in ‚Pärchen' oder ‚Freundestrios'. Hannah und ich landen in einem Hotel im Zentrum von Amsterdam, wo wir direkt am ersten Tag eine skurrile Persönlichkeit kennenlernen.

Wir verlassen unser Zimmer, um essen zu gehen als uns eine wahrscheinlich bekiffte Person entgegenkommt.

Sie spricht uns auf Deutsch an, aber mit niederländischem Akzent: „Meine deutschen Freunde, herzlich Willkommen in den Niederlanden. Wie gefallen euch die Räumlichkeiten? Seid ihr zufrieden?"

Ist das jetzt einer vom Hotel? Sind die Drogen hier wirklich so frei verfügbar und gebräuchlich, sogar im Geschäft?

„Ja, alles super," antwortet Hannah für uns und zieht mich mit sich.

„Wartet doch mal meine Freunde," fährt der fremde Holländer fort, „habt ihr Fragen zur Stadt, kann ich euch irgendwie weiterhelfen?"

Hannah will mich mit sich ziehen, um zu verschwinden. Ich löse aber meine Hand und unterhalte mich mit der Person. Wir sollten uns hier nicht zu auffällig verhalten denke ich.

„In der Tat können Sie uns weiterhelfen," antworte ich, „welches Restaurant in der Nähe können Sie empfehlen? Wir sind wirklich hungrig."

„Essen, ja klar," fängt er an zu erzählen und legt seinen Arm um mich. „Restaurants gibt es hier viele mein Freund."

Er scheint wirklich high oder benebelt zu sein, umarmt mich als seien wir Freunde und spricht als sei er auch noch betrunken. Seine Kleidung stinkt nach Marihuana und Whiskey.

Er winkt jetzt auch Hannah zu uns und weist uns den Weg. Mit der rechten Hand verdeutlicht er die jeweilige Richtung.

„Schaut mal, wenn ihr das Gebäude verlasst und nach rechts geht, dann geht ihr wenige hundert Meter später nach links und dann wieder rechts über die Brücke."

Hannah wirkt ein wenig gestresst und verunsichert.

Er fährt fort, „dann kommt ihr in die Innenstadt und da sind enge Gassen und zu dieser Zeit auch rote Lichter. Da findet jeder etwas Gutes zu essen und auch zu naschen, auch ihr, da bin ich mir sicher."

Er fängt an, dreckig zu lachen und schlägt uns auf die Hintern. Er fordert uns auf, „jetzt fliegt schon los meine Bienchen."

Unmittelbar darauf stürzt er fast. Sein Zustand ist echt nicht der beste.

„Wollen Sie sich setzen?" Frage ich ihn. „Kann ich Ihnen helfen irgendwo hin zu gehen?"

„Alles gut," sagt er, „das war nur ein wenig mein Gleichgewicht, aber das kommt wieder. Geht raus, genießt euern Urlaub."

So gehen wir dann schließlich auch raus in die Innenstadt. Die Wegbeschreibung passte. Leider scheinen wir aber unsere Geldbörsen im Hotel vergessen zu haben. Kurz bevor wir etwas zu essen bestellen, gehen wir konsequenter Weise wieder zurück.

Hannah öffnet die Tür zum Zimmer und tritt zuerst hinein. Sie schreit erschrocken, begibt sich in Kampfstellung. Auch greift sie dorthin, wo sie im Einsatz, ihre Waffe trägt, hat sie aber nicht dabei, hier in Amsterdam. Ich folge ihr unmittelbar, will sie instinktiv beschützen, vor was auch immer kommt.

Da sitzt jemand mit dem Rücken zu uns in einem Drehstuhl. Die Person schaut scheinbar aus dem Fenster und dreht sich zu uns.

Das ist der zugedröhnte Typ von vorhin. Er schaut jetzt aber ernst und nüchtern.

„Meine lieben Kollegen," beginnt er und wirft unsere Geldbörsen auf einen Tisch vor ihm.

„Kein Wunder, dass es um Deutschland so schlecht steht," fährt er fort, „wenn ihr alle so unaufmerksam und leichtgläubig seid, dann kann das ja nur schief gehen."

„Wer sind Sie? Was tun Sie hier?" Fragt Hannah ihn ganz direkt und entschlossen.

„Ich bin der Finn vom MIVD, dem militärischen Geheimdienst hier," erzählt er. „Meine Mission und Kontakte sind so geheim, dass wir erst sicher gehen müssen, dass wir euch vertrauen können."

„Dann waren Sie nicht auf Drogen?" Frage ich nach.

„Natürlich nicht," klärt Finn uns auf, „der Mensch hat die Angewohnheit, dass er zunächst und mit Vorliebe nur das sieht und versteht was er kennt und erwartet. Ihr seid in Amsterdam, ihr erwartet Drogen und Suff. Genau das habe ich euch gegeben, oder zumindest glauben lassen. Es ist einfach euch davon zu überzeugen, wenn ihr es sowieso bereits erwartet."

Er zieht an einer Zigarette und schaut uns tief in die Augen.

Anschließend fährt er fort, „lasst dies eine Lektion für euch sein. Macht euch frei von Vorurteilen, erwartet nichts, sondern seid vielmehr die Personen, die andere erwarten, dass ihr sie seid. Ihr werdet auf eine unglaublich schwierige und komplizierte Mission gehen. Ihr werdet Menschen überzeugen müssen, jemand anderes zu sein. Euch werden Personen verschiedener Ideologien gegenüberstehen die sich gegenseitig aufheizen, sich motivieren und die Realität und Vernunft aus den Augen verlieren. Sie wollen den Sozialismus, aber baden sich im Erfolg der eigenen Taten. Sie geilen sich daran auf. Schaukeln sich hoch und wollen noch mehr. Sie werden von der Gier und dem eigenen Ruhm angetrieben, extremer zu werden."

Während er spricht wird er lauter, die Stimme kräftiger, bis er jetzt eine kurze Pause macht, bevor er in Ruhe weitererzählt: „aber entschuldigt, wenn ich jetzt zu emotional spreche. Es ist nur, dass die Länder um uns herum sich selbst zerstören. Sie vernichten das, was sie einst erfolgreich gemacht hat, was ihren Wohlstand gefördert hat. Das ist ein volkswirtschaftlicher Selbstmord, getrieben durch ökonomischen Analphabetismus.

Ihr könnt mich als Freund von euch sehen. Gerne unterstütze ich euch in eurem Kampf. Ich empfehle euch nur: Integriert euch, werdet zum Feind, um ihn langsam, aber wirksam zu infiltrieren. Findet einen Weg, um die durch Emotionen geformte Ideologie zu stoppen. Wiegt euren Feind in Sicherheit bevor ihr zuschlagt. Bereitet in Ruhe ein Messer vor, welches ihr ihm dann von hinten in den Rücken rammt. Ihr werdet vielleicht nur noch einen Schuss haben. Wählt ihn sorgfältig, zögert aber nicht zu lange. Nutzt die Geheimnisse der Magie, der Zauberei, um diesen mächtigen Gegner zu besiegen. Ihr seid nur wenige Personen, die ihr noch nicht der sozialistischen Maschinerie der Gehirnwäsche zum Opfer gefallen seid. Allerdings wird auch noch immer nach euch gefahndet."

„Wie wissen wir, dass wir Ihnen trauen können?" Hakt Hannah nach, „schließlich wollen Sie uns jetzt auch nur in Sicherheit wiegen, vielleicht um den Widerstand lahm zu legen."

„Das ist die richtige Frage," erwidert er, „die Antwort ist einfach: Das wisst ihr nicht, wisst ihr nie. Ihr müsst für euch entscheiden, ob ihr mir vertraut oder nicht. Das kann sogar situationsabhängig sein. Vertrauenswürdigkeit wird euch oft vorgegaukelt werden. Falsche Freunde werdet ihr reichlich finden. Trainiert eure Intuition. Seid kritisch, aber vertraut euren Instinkten. Euch beiden selbst könnt ihr am meisten vertrauen. Jeder andere kann euch hintergehen. Selbst wer sich heute als Freund vorgibt, kann euch schon morgen vergiften. Extreme Zeiten sind angekommen. Um Fortschritte zu erreichen müsst ihr aber fortschreiten und somit zeitweise vertrauen. Das Leben ist kein süßes Rosinenbrötchen. Risiken gehören zum Erfolg dazu."

„Ok, ist klar, das haben wir verstanden," bestätigt ihn Hannah. „Haben Sie sonst noch hilfreiche Tipps?"

Finn dreht sich in seinem Drehstuhl wieder in Richtung Fenster und erklärt, „Freunde, ihr könnt froh sein, dass wir euch vor den roten Fahnen gefunden haben. Die neue Staatssicherheit hat verdeckte Agenten in ganz Europa und ihr habt noch nicht einmal Waffen."

Von hinten erkenne ich, wie er den Qualm der Zigarette in die Höhe pustet, bevor er sich umdreht und anfängt, voller Vorfreude zu grinsen.

„Aber heute ist euer Glückstag," sagt er, „meine Kollegen haben heute Morgen das Waffenlager einer rechtsradikalen Gruppierung bei Den Haag hochgenommen. Damit können wir euch ausrüsten, ohne Verdacht auf den MIVD zu lenken."

Er steht auf und fordert uns auf, „also kommt mit, folgt mir. Ich rüste euch auf für euern Einsatz."

Ich folge ihm, aber Hannah bleibt stehen und sagt, „Steffen, warte. Wieso sollten wir ihm vertrauen? Er verwendet dieselben Taktiken wie die roten Flaggen: Er erregt Aufmerksamkeit und bringt uns aus der Fassung. Dann hat er uns Angst gemacht und gut zugeredet, um uns auf seine Seite zu bringen. Schließlich verspricht er uns eine Lösung, von der wir noch nicht einmal wissen, ob es sie gibt, oder was sie bringt. Waffen alleine sind nicht die Lösung. Alles was wir wissen: Wir können nur uns vertrauen, du und ich. Finn könnte uns in eine Falle locken, wenn das überhaupt sein richtiger Name ist."

„Das ist er", bestätigt Finn von hinten.

Ich gehe aber zurück zu Hannah und nehme ihre Hand. Daraufhin drücke ich sie etwas fester und kommentiere, „du und ich, gegen den Rest der Welt."

Hannah lächelt mich an und schaut kurz darauf sehr ernst zu Finn. Sie hat ihren Kampfgeist, den Ehrgeiz und die Wachsamkeit scheinbar wiedergefunden. Der Instinkt, der lange verloren war und sie überhaupt erst hierhergebracht hat, uns gerettet hat.

Mit entschlossener Stimme fordert sie Finn auf, „Finn, Planänderung. Wenn du uns wirklich helfen willst, dann lieferst du uns all die Waffen zu GPS-Koordinaten, die wir dir zukommen lassen werden. Gib mir deine Nummer und dann sehen wir weiter. Wir werden dir heute im Laufe des Tages Bescheid geben."

Finn schaut etwas irritiert, überrascht, aber bestätigt schließlich, „gut, gut, du hast deine Lektion scheinbar gelernt. Hier ist eine Nummer, an welche ihr die Koordinaten senden könnt. Aber glaub mir, wenn wir euch oder eure Kollegen tot wollten, dann wäret ihr schon tot. Denkt nicht, wir wüssten nicht auch von den anderen Agenten. Wie gesagt, vertraut niemandem, nur euch selbst."

Er gibt einen Zettel mit einer Zahlenfolge darauf an Hannah und verlässt den Raum mit der linken Hand abgewinkelt in die Luft gestreckt und sagt beim Weggehen, „au revoir meine Freunde."

Hannah und ich schauen uns tief in die Augen.

„Was machen wir jetzt?" Frage ich sie.

„Wir suchen uns eine neue Bleibe," bestimmt Hannah, „und kontaktieren verbündete. Die sollen die Waffenlieferung koordinieren, nicht wir. Wir sollten möglichst wenig Aufmerksamkeit erregen."

„Ok," bestätige ich sie.

Wir packen unsere Sachen und machen uns auf den Weg. An einem Gebäude bleibt Hannah stehen. Sie schaut sich kurz um und sagt, „warte kurz hier. Wenn du etwas Merkwürdiges siehst, laufe um den Block. Im Notfall treffen wir uns vor dem Restaurant wieder."

Ich nicke und Hannah verschwindet ins Gebäude. Nervös schaue ich mich um, aber alles scheint normal. Wir scheinen niemandem aufzufallen, denke ich zumindest.

Nach wenigen Minuten kommt Hannah wieder raus und kommentiert, „ok Steffen, der CIA kümmert sich um die Waffenlieferung. Wir verschwinden erst einmal aus der Stadt."

So verschwinden wir turtelnd und Händchen haltend mit unseren Rucksäcken zunächst in die Innenstadt und schließlich an einen Busbahnhof. Wir steigen in einen Bus nach Arnheim.

Wellen Schlagen

Nach etwas mehr als drei Stunden im Bus führt uns Hannah in eine kleine Private Wohnung, wohl ein Safe House des CIA. Hotels kommen für uns zunächst nicht mehr in Frage. Wir müssen uns hier vor Ort einen Plan machen. Vertrauen können wir nur uns, Hannah und ich, Florian, Pfeiffer, Ida, Leon, Yaron, Melinda und Victor. Wir sind der innere Kreis, der vertraute Widerstand hier in den Niederlanden und benötigen einen Plan dafür, wie wir das Regime stürzen. Ich hätte nie gedacht, dass ich mal in einen Putsch verwickelt wäre oder, dass ich so etwas jemals in Deutschland oder der EU erleben würde.

Bis zum Erfolg dauert es noch. Wir dürfen aber nicht vergessen, was wir bei unseren Recherchen in Tel Aviv gelernt haben: Medien machen Meinung! Die Berichterstattung der Medien hat eine unglaubliche Power. Sie verwandeln Lügen und Meinungen schon einmal in Wahrheiten, zumindest in den Köpfen der Empfänger. Wahre Gegebenheiten und Ereignisse werden in Medienberichten verfälscht. Regimekritisches wird gelöscht. Regime-Gegner werden auf Basis der neuen Wahrheit entweder innerhalb der Medien gelyncht oder fernab der Medien festgenommen, womöglich gefoltert oder gleich umgebracht, also auch ausgelöscht. Die Würde des Menschen wird angetastet.

Mit der Zeit werden die Leerstände in Supermärkten und Apotheken größer. Die roten Fahnen wehen kräftiger. Sie schieben die Schuld auf vermeidliche Proteste, Streiks, Produktionsverweigerungen und Attentate durch Unternehmer und Unternehmen. Diese würden den Staat nicht anerkennen, ihm entgegenstehen. In Wirklichkeit wurde die Wirtschaft durch sozialistische Züge ganz einfach nur in die Knie gezwungen, schon fast dem Erdboden gleich gemacht.

Der hungernden und wütenden Bevölkerung wird als Feindbild die Bedrohung des scheiternden roten Systems geboten: Unternehmen, Unternehmer, Kapitalismus, Freihandel und die wohlhabende Bevölkerung.

Deutschland befindet sich in der Krise, so auch viele andere Staaten innerhalb der EU, von links, wie von rechts, auf jeden Fall aber sozialistisch.

Was aber können wir dagegen unternehmen? Wie können wir eine Veränderung bewirken? Wir sind nur wenige und dem Staat bereits bekannt. Wenn der Staat nichts von uns wüsste, hätten wir noch eine größere Chance, aber so?

In der Wohnung angekommen, schließen wir die Tür hinter uns ab. Wir stellen einen schmalen Stehtisch mit Vase vor die Tür, um frühzeitig vor möglichen Eindringlingen gewarnt zu werden. Anschließend durchsuchen wir die gesamte Wohnung nach Kameras, Mikrofonen oder anderen auffälligen Gegenständen. Wir schrauben elektrische Geräte auf und überlassen nichts dem Zufall, aber alles scheint sauber zu sein. Die Vorhänge schließen wir und setzen uns schließlich aufs Bett, Hannah und ich.

Vom Adrenalin erfüllt und voller Sehnsucht nacheinander, nach zärtlichen Stunden zu zweit, fangen wir an, uns leidenschaftlich zu küssen, ziehen uns aus und genießen einfach nur unsere Nähe, wunderschöne Stunden zu zweit, bis wir schließlich einander in den Armen liegend einschlafen. Durch den Sex ist die Anspannung auf einmal zum großen Teil verflogen, wenn auch nicht komplett. Natürlich begleiten uns Unsicherheit und Nervosität die ganze Zeit.

Wie in Tel Aviv beschlossen, verbringen wir die nächsten zwei Tage einfach nur als Touristen, allerdings vorsichtig und misstrauisch. Wir werden turtelnde, frisch verliebte Touristen sein, wie wir es nie richtig waren, nicht in Berlin, noch nicht einmal in Israel. Jetzt tun wir es aber. Endlich genieße ich ansatzweise die Zeit und vergesse für wenige Augenblicke die schwierige Situation sowie auch die kommenden Herausforderungen.

Nach wenigen Tagen am Morgen werden wir von einem kräftigen Klopfen an der Tür aufgeweckt. Vor Schreck springt Hannah aus dem Bett. Ich realisiere erst noch gar nicht was passiert.

Hannah hingegen greift sich einen Baseball Schläger, welchen die Amis hier verstaut hatten und stellt sich neben die Eingangstür. Unmittelbar vor der Tür steht natürlich wieder einmal der Stehtisch mit der Vase. Sicherheit geht vor.

Neben der Tür stehend und mit ausgeholtem Schläger ruft Hannah, „wer ist da?"

Eine männliche Stimme erwidert, „ich bin es, der Michael, Michael Pfeiffer."

„Wer noch?" fragt Hannah nach, während sie den Schläger senkt und sich in Richtung des Schlüsselloches bewegt.

„Nur ich, sonst niemand," antwortet Pfeiffer.

Hannah schaut durch das Schlüsselloch, kurz bevor sie die Tür öffnet. Da ist er wirklich, der Pfeiffer und sonst niemand. Er hat eine Aktentasche bei sich.

Auch ich stehe, noch im Pyjama bekleidet, auf und begleite die beiden in die Küche.

„Ich wollte euch einen Plan vorstellen," beginnt er zu erzählen, während er ein Blatt Papier aus der Tasche holt.

„Wie wir wissen, ist eines der wichtigsten Instrumente der roten Fahnen ihre Propaganda," führt er weiter aus. „Durch die kontrollierte Ausgabe von Informationen und Falschberichte steuern sie die Meinung und das Gemüt große Teile der Bevölkerung. Was bei den Rechtssozialisten im zweiten Weltkrieg die Juden waren, sind jetzt die Kapitalisten, nur geht es in kein Arbeitskamp, sondern vielmehr in Internierungslager in Deutschland, oder für extreme Fälle in andere verbündete Länder. Leider können wir im ersten Schritt nicht die Welt retten, aber zumindest erst einmal in kleinen Schritten mit unserer Heimat beginnen."

Nach einer kurzen Pause fragt er, „habt ihr vielleicht ein Glas Wasser?"

„Ja klar," bestätige ich dies und besorge ihm unmittelbar ein Glas mit Wasser, still, wie er es am liebsten mag.

„Danke," sagt er und fährt fort, „bei unseren Beobachtungen aus Tel Aviv heraus, wurden mir verschiedene Medienzentren herangetragen. Ich selber dachte damals, eines in Frankfurt (Oder) entdeckt zu haben, aber war das nichts im Vergleich zu dem, was die sich in den letzten Jahren mit internationaler Unterstützung aufgebaut haben. Nach aktuellen Informationen steuern drei unabhängige Standorte die Berichterstattung innerhalb der Bundesrepublik. Ganze Gebäude füllen diese jeweils. Eine freie Presse gibt es nicht mehr, sondern nur noch die staatliche Propagandamaschine der roten Fahnen. Kollegen vom Mossad, dem CIA und auch dem MIVD haben dies bestätigt."

„Vom MIVD?" hakt Hannah sofort nach.

„Ja," bestätigt Pfeiffer. „Kurz nachdem ihr ihm eine Abfuhr erteilt habt, hat Finn uns aufgesucht."

„Wo sind Florian und Sarah?" Fragt Hannah eindringlich und misstrauisch.

„Keine Sorge," beruhigt uns Pfeiffer, „denen geht es gut. Die tragen unseren Plan an die anderen heran."

Er schaut uns an und wirkt keineswegs nervös, als ob die beiden bedroht werden.

Nach kurzem setzt er fort, „nun gut, drei dieser Medienzentren gibt es in der Bundesrepublik: In Berlin, Bremen und Pforzheim. Die Idee ist, diese drei Zentren zeitgleich hochzunehmen, auszuschalten, endgültig. Sie dienen einander als Backup, aber wenn alle drei zeitgleich ausfallen, sollte das Internet wieder freier werden. Eine weitere Maßnahme der roten Fahnen ist auch, dass sie in diesen Zentren nicht nur gezielte Nachrichten verbreitet, sondern auch freie nationale sowie internationale Internetseiten und Radiosender sperren und blockieren."

„Ok," bestätige ich kurz und schaue Hannah fragend an.

Sie schaut konzentriert und nickt in Richtung Pfeiffer, „ok, wie stellen wir das an? Gibt es schon einen Plan?"

„Natürlich," bestätigt Pfeiffer, „wir werden drei Fünfer-Teams bilden. Wir, also ihr beide, Florian, Sarah und ich werden nach Berlin gehen. Ein CIA Team geht nach Pforzheim. Das Mossad-Team geht nach Bremen."

Hannah nickt, Pfeiffer führt weiter aus, „Wir werden mit Sprengsätzen und Waffen ausgerüstet, die vor wenigen Tagen vom MIVD entdeckt wurden. Die beschlagnahmten Waffen und sonstige Ausrüstung stammen von Geheimagenten des DGSE, also des französischen Geheimdienstes, der inzwischen rechtssozialistisch unterlaufen ist. Ziel des Einsatzes dieser Ausrüstung wird es sein, die Spur auf internationale rechtsradikale Gruppierungen zu lenken. Auf diese Weise stacheln wir hoffentlich den Konflikt zwischen links- und rechtsradikal an und lenken von uns ab, verschaffen uns Zeit und Raum. Entsprechend werden wir beim Einsatz Waffen und Abzeichen der französischen DGSE tragen. Höchste Vorsicht ist gefragt. Die Gegner kennen unsere Gesichter und sind zudem nicht gut auf DGSE-Agenten zu sprechen. Es wird kompliziert und gefährlich. Seid ihr dabei? Seid ihr bereit, eine erste riesige Welle der Meinungsfreiheit auszulösen, auch wenn ihr es mit dem Leben zahlen könntet? Lass uns ein Beben erschaffen, ein Beben wie es die Welt noch nicht gespürt hat. Lasst uns Wellen schlagen die von uns ablenken und einen Tsunami erschaffen."

Ich greife Hannahs Hand. Sie schaut mich an, ist noch immer hochkonzentriert. Sie macht sich scheinbar schon jetzt bereit für das was kommt.

Ich nicke ihr vorsichtig zu und sie bestätigt für uns beide, „Ja natürlich, weshalb sind wir sonst hier? Dieser Plan könnte wirklich funktionieren. Wann und wie geht es los?"

Pfeiffer lächelt und bestätigt, „heute Nacht kommen Florian und Sarah vorbei. Ich hoffe, wir dürfen hier alle schlafen. Sie kommen mit zwei Autos. Morgen früh um 6 fahren wir dann mit beiden Wagen rüber in die Bundesrepublik, aber nicht direkt nach Berlin. Unser Event soll in der Nacht zum Montag stattfinden."

„Ok," kommentiere ich, „was machen wir bis dahin?"

„Sightseeing," bestätigt Pfeiffer, „einen Städtetrip und Fotos. Einen Haken bringt das Ganze jedoch mit sich."

„Was für ein Haken?" fragt Hannah nach mehr Details.

„Wir werden nicht wir selbst sein können," erklärt Pfeiffer. „Die DGSE-Ausrüstung bleibt im Kofferraum, aber wir werden Masken tragen müssen, wie jemand anderes aussehen, wie Touristen. Florian und Sarah besorgen gerade Kameras, Masken und Outfits, sowie gefälschte Reisepässe, Führerscheine und Personalausweise. Die Waffen und Sprengladungen werden von Agenten des MIVD an einen Checkpoint in Berlin geliefert. Die Koordinaten erhalten wir während des Städtetrips. Sicherheit geht vor. Nichts darf schiefgehen."

Er macht eine kurze Pause und fordert uns auf, „also, ein bisschen Zeit haben wir noch. Zeigt ihr mir die Stadt, oder was?"

Hochmotiviert, aber dennoch nachdenklich stimmen wir ihm zu, genießen noch ein wenig die Ruhe vor dem Sturm. Wir machen uns auf den Weg in die historische Altstadt von Arnheim und in die umgebende Natur. Am Abend kehren wir zurück in die Wohnung. Florian und Sarah stoßen dazu. Wir kochen gemeinsam und essen. Wir genießen die Ruhe bevor wir losstürmen. Morgen wird es schließlich wieder losgehen. Wir werden für unsere Träume eintreten, für sie kämpfen. Das reine Träumen unserer Vision ist uns nicht mehr genug.

In diesem Kampf, den wir antreten werden, geht es um viel mehr als nur um unsere Einzelschicksale. Wir treten dafür ein, unser altes und erfolgreich funktionierendes System wiederzubeleben. Wir wollen unser Vaterland vor dem sozialistischen Abgrund retten. Uns, unserer Familie und unseren Freunden soll es besser gehen als aktuell. Dazu müssen wir die Augen öffnen, die Augen der Bevölkerung.

Am nächsten Morgen machen wir uns dann auf den Weg nach Deutschland. Hannah und ich fahren zusammen im Kleinwagen. Im zweiten Wagen, dem Familienwagen fahren Pfeiffer, Florian und Sarah. Bevor wir abfahren, kümmern wir uns aber auch um eine neue Identität.

Jeder von uns rasiert sich eine Glatze und zieht sich eine Silikonmaske über den Kopf. Zudem befestigen wir dann auch noch eine Perücke. Es ist unglaublich, wie anders, aber dennoch natürlich wir aussehen. Ich würde uns nicht wiedererkennen. Wahrscheinlich würde mir noch nicht einmal auffallen, dass wir verkleidet sind.

Wir fahren schließlich über Aachen nach Deutschland ein. In dieser ersten Stadt schauen wir uns den Dom an. Wir gehen aber immer in zwei unabhängigen Gruppen. Wir fahren und parken unabhängig. Jeder Verdacht der Zusammengehörigkeit soll vermieden werden. Am Abend fahren wir dann weiter nach Köln.

In Köln übernachten wir in einem Hotel, Hannah und ich. Die anderen sind woanders untergekommen. Glücklicherweise gingen unsere gefälschten Ausweise bei der Anmeldung im Hotel ohne Probleme durch.

Auch die folgenden Tage in Frankfurt am Main, Hannover und Leipzig waren schön. So viel hatte ich von den Städten noch nie gesehen. Es ist zugleich aber auch erschreckend, wie sehr einige Gebäude schon jetzt verkommen. Staatliche Regierungsgebäude sind gepflegt. Verstaatlichte Wohngebäude hingegen weniger. Viele Geschäfte sind inzwischen dauerhaft geschlossen. Innenstädte sind leer und voller leerstehender Gewerbeimmobilien. Geschäft die es noch gibt leiden zumeist unter leeren Regalen.

Es ist schön, wieder im eigenen Land zu sein. Dennoch ist es nicht wie vorher. Waren sind eingeschränkter und teurer. Die Freiheit wie früher existiert nicht mehr. Ich finde es erschreckend, was solch eine kurze Zeit unter der linkssozialistischen Regierung aus Land und Leuten machen konnte. Es zeigt uns auf, beweist uns: Wir müssen etwas dagegen unternehmen, jetzt!

Am Samstagmittag fahren wir schließlich weiter von Leipzig nach Berlin. Am Abend treffen wir uns dann auch wieder mit den anderen, in einem Park. Pfeiffer hatte inzwischen auch die Koordinaten für unsere Lieferung erhalten. Uns bleiben ab jetzt lediglich noch 24 Stunden, um den Gig vorzubereiten.

24 Stunden

Aus dem Park heraus machen wir uns direkt in den alt bewehrten Gruppen auf den Weg in Richtung der S-Bahn-Station Grunewald. Dort angekommen gehen wir dann angespannt, aber gemeinsam als Einheit, als eine Gruppe in Richtung des Waldes. Wie die fünf Finger einer Hand bilden wir fünf jetzt die Faust des Widerstands.

Während wir zunächst noch durch eine kleine Wohnsiedlung marschieren, folgt schon bald der Eingang des Waldes. Majestätische Bäume zu Beginn wirken auf mich heute Abend wie eine Wand, mit der sich die Natur von der Verrücktheit der Menschen der Stadt um sie herum abgrenzt.

Die Natur hat es gut. Sie kann unabhängig von der Menschheit leben, sich ausweiten. Ohne Menschheit ginge es ihr und dem Planeten heutzutage wahrscheinlich sogar besser. Schließlich wird auch sie aktiv von den Menschen bedroht.

Die Menschheit ist schon merkwürdig. Sie glaubt von sich, das intelligenteste Wesen zu sein, zerstört aber zugleich auch dass, was ihr das Leben erst ermöglicht. Die Menschen zerstören nicht nur sich gegenseitig, sondern gerade auch jetzt alles um sich herum: Die Natur, selbst das, was sie einst stark gemacht hat: Zusammenarbeit und Ökonomie, wirtschaftliches Handeln, der Inkubator der Innovationen

Wie dem auch sei, jetzt haben wir einen Auftrag: Ich, das ist Steffen der Buchhalter, und meine Freunde vom Geheimdienst. Wie bereits gesagt, die Welt können wir wahrscheinlich nicht retten, aber zumindest das Leben in unserer Heimat wieder verbessern.

Im Wald angekommen spüre ich, wie sich die Luft ändert. Sie ist natürlicher und kühler als in der Stadt. Diese frische Luft hilft mir, mich zu entspannen. Um uns herum stehen Bäume und Büsche, eine Natur, in der ich mich komischerweise wieder sicher fühle. Recht zu Beginn sehen wir auch einen inzwischen stark verkommenen LKW-Anhänger, der früher mal wie ein Bahnwagen aussah, von KITAs genutzt wurde. Ich erinnere mich, früher schon einmal hier gewesen zu sein.

Dieser Vergleich zeigt mir, wie es in einer Welt nach der Menschheit aussehen könnte. Das vom Menschen geschaffene wird noch lange da sein, stören, aber auf kurz oder lang wird es wieder von der Natur vereinnahmt, solange die Natur noch über ausreichend Kraft verfügt oder sich den Gegebenheiten anpassen kann.

Während wir den engen Wegen entlangeilen, erkenne ich ebenfalls, dass sich die anderen ständig nervös umschauen. Ich habe auch Angst, aber irgendwie gibt mir die Luft und die Umgebung wieder ein wenig Ruhe und Sicherheit zurück. Vielleicht sollten wir uns einfach irgendwo in der Natur verschanzen, uns von der bedrohlichen Maschinerie der Selbstzerstörung der Menschheit abwenden. Im Westen geht übrigens gerade zudem gerade auch die Sonne unter.

Nach einiger Zeit kommen wir an einem kleinen, verlassenen und verwachsenen leeren Gebäude an. Es ist wirklich klein, verfügt lediglich über ein Erdgeschoss und dort nur über wenige Quadratmeter Fläche. Anhand des Zustands der Tür erkenne ich aber auch, dass diese vor kurzem geöffnet wurde.

Kletterpflanzen haften noch an der Tür, hängen aber herunter. Diese haben noch grüne Blätter, obwohl die Äste vom Stamm getrennt wurden. Wie es aussieht, wurden sie erst kürzlich getrennt. Am Boden erkenne ich Schleifspuren im Sand, aber keine Schuhabdrücke.

Pfeiffer wühlt in seiner Tasche und holt einen Schlüssel heraus. Da sehe ich: Zwischen den Blättern verschließt ein recht neues Vorhängeschloss den Zugang, Pfeiffer steckt den Schlüssel hinein. Der Schlüssel passt. Pfeiffer öffnet das Schloss. Er zieht die Tür vorsichtig auf.

In dem kleinen Raum ohne Fenster ist es dunkel, aber ich erkenne keine Kisten wie man denken könnte, sondern eher Rucksäcke und Reisetaschen. Alles ist auf Tourismus getrimmt.

Hannah drängt sich zuerst hinein und greift sich einen Rucksack. Sie öffnet ihn und holt etwas heraus.

„Hier sind Sprengsätze," kommentiert sie.

Inzwischen sind auch Florian und Pfeiffer fleißig dabei, in den Taschen herum zu wühlen. Sarah hingegen hält die Umgebung im Blick.

„Zünder und Gebäudepläne," kommentiert Pfeiffer.

„Waffen und Munition," sagt Florian, als Sarah auf einmal die Tür zum Raum zu drückt. Nur sie und ich sind jetzt noch draußen.

Auf einmal drückt sie mich mit dem Rücken zur Tür und mich gegen sie. Sie spring hoch und legt ihre Beine um meine Hüfte. Was passiert hier?

Ihren Kopf legt sie auf meine Schulter und flüstert, „spiele mit, da kommen Leute mit Taschenlampen."

Ich nicke kurz, als unmittelbar das Adrenalin und die Angst wieder in mir hochfahren. Sarah berührt mit ihren starken Händen sanft meine

Wangen und legt ihre Lippen auf meine. Auch ich berühre ihren Hinterkopf, ihr Haar mit meinen Händen, als wir im Eifer des Gefechts und unter der Anspannung des Momentes tatsächlich anfangen, uns zu küssen.

Aus dem Raum hinter uns höre ich nichts, aber die Art und Weise wie Sarah und ich, wie wir uns küssen und bewegen lässt die Tür schon einmal lauter ertönen.

Glückicherwiese tragen wir unsere Masken, die verblüffend real aussehen. So werde ich künftig hoffentlich nicht immer an diesen Moment denken, wenn ich Sarah sehe. Da mir Hannah im Kopf schwirrt und wir glücklich sind, fühlt es sich falsch an, Sarah zu küssen. Irgendwie und ich weiß nicht warum, fühlt es sich tief in mir aber auch ein wenig gut an. Während sich Hannah, meine Liebe, im Raum hinter uns in der Dunkelheit aufhält, sich fragt ‚was passiert‘, Lenken wir von jedem Verdacht ab. In was für ein Leben bin ich hier bloß gerutscht?

Nach kurzem erkenne ich in den Augenwinkeln, wie langsam mehr und mehr, hastig bewegende Strahlen von Taschenlampen den Weg vor uns entlang huschen. Auch das Geräusch hastiger, inzwischen laufende Schritte wird lauter. Sind dies echt Wachen? Wird der Wald patrouilliert? Ist Deutschland zum Überwachungsstaat geworden?

Mit diesen Gedanken in meinem Hinterkopf greife ich jetzt auch etwas tiefer, ich greife den Po von Sarah, natürlich nur um die Tarnung noch etwas glaubwürdiger zu machen. Zugleich drehe ich jetzt aber auch Sarah zur Wand. Sie muss eher sehen, was da passiert. Sie ist der Profi, nicht ich.

„Danke," flüstert sie leise und zärtlich in mein Ohr.

Plötzlich sehe ich das Licht der Taschenlampen um uns herum und höre, „hey, ihr, was macht ihr da?"

Vorsichtig lasse ich Sarah runter und drehe mich um.

„Was denkt ihr wohl? Wonach sieht das aus?" rufe ich instinktiv zurück, als ich merke, wie meine Hose etwas rutscht. Sarah hatte sie inzwischen wohl irgendwie geöffnet.

Sarah lächelt nur und drückt meine Hand. Sie gibt sich schüchtern. Ihre Haare sehen durcheinander aus. Vorsichtig ziehe ich meine Hose weder hoch.

„Na gut," antwortet der Typ, der eine Art von Uniform trägt, welche ich noch nie zuvor gesehen habe. „Aber vergesst nicht, hier im Wald sind in den letzten Wochen Menschen verschwunden. Deswegen überwachen wir den Wald jetzt selber.

Die Polizei scheint sich einen Dreck darum scheren."

„Ja, ok, wir sind vorsichtig," bestätige ich und die beiden gehen weiter, als sich nach nur wenigen Metern einer wieder zu uns umdreht.

„Hier habt ihr auch eine Taschenlampe, ist sicherer," ruft er, als er sie uns entgegenwirft.

Am Boden liegend strahlt die Lampe direkt auf ein Stück Rasen am Rand des Weges zum Gebäude. In diesem Fleck schimmert zugleich ein geöffnetes, aber rostiges Schloss hervor. Scheinbar ist dies das geknackte Schlosss der Tür von zuvor. Die Angst steigt in mir hoch. Hoffentlich sehen die das nicht, erahnen nichts.

„Danke," rufe ich mit einem fetten Grinsen auf den Lippen.

Langsam gehe ich in Richtung Taschenlampe, während sich Sarah an die Tür lehnt, sie zu drückt.

Die Beiden Personen der Bürgerwehr haben scheinbar keinen Verdacht geschöpft. Sie patrouillieren weiter.

„Schwein gehabt," kommentiert Sarah, als sie vorsichtig ein paar Schritte nach vorne tut und den beiden Männern hinterher schaut. Unterdessen hebe ich die Taschenlampe auf. Und werfe das alte rostige Schloss in den Wald.

Nach kurzem öffnet Sarah die Tür zum Gebäude wieder und geht mit der Taschenlampe herein. Hannah kommt zu mir und schaut mich etwas erschrocken an.

„Steffen," sagt sie, „du hast da Lippenstift."

„Ich, oh, ja," stottere ich nervös.

„Du oh ja, was?" Hakt sie nach, „hat es dir wenigstens gefallen?"

„Gefallen? Mir? Was? Nein!" Antworte ich, lediglich in Lauten.

Hannah lächelt und sagt, „ist schon gut, war nur ein Witz. Das Vorgehen gehört zum Ein-Mal-Eins der verdeckten Ermittlungen und Undercover Jobs. Bilde dir also nichts drauf ein, das war nur professionell. Du gehörst mir. Sarah hat nur ihren Job gemacht"

Etwas erleichtert, aber dennoch verwirrt lächle ich und nehme Hannah in meine Arme. Sie trägt bereits einen Rucksack.

Aus dem Raum heraus höre ich Pfeiffer sagen, „wir sind angekommen, erbitte Anweisungen." Kurz darauf erfolgt das Rauschen eines Kurzwellen-Funkgerätes.

„Verstanden, bitte mit Plan R fortfahren," ertönt kurz darauf eine andere fremde, aber irgendwie doch bekannte weibliche Stimme.

„Ich bestätige Plan R," schließt Pfeiffer das Gespräch ab und legt das Funkgerät in eine Metalltonne. Er schüttet eine stark nach Benzin riechende Flüssigkeit drüber und kurz danach auch ein brennendes Streichholz hinein.

„Wir wollen keine Beweise hinterlassen," sagt er und verlässt den Raum.

Florian hat inzwischen alle Taschen herausgetragen und gibt mir eine Reisetasche, scheinbar gefüllt mit Zündern und Munition. Er schließt die Tür hinter Pfeiffer. Überraschender Weise kommt kaum Rauch aus dem Häuschen heraus. Vielleicht gibt es aber auch eine böse Überraschung für den nächsten der hineingeht.

Hochmotiviert machen wir uns wieder auf den Weg. Wir alle folgen jetzt Pfeiffer, der eine Karte mit sich trägt, auf der verschiedene Routen eingetragen sind. Eine dieser Routen scheint der Weg R zu sein.

Ich nehme Hannahs Hand. Sie lächelt und drückt sie fest. Leider muss ich aber auch fest an Sarah denken. Sie geht mir jetzt im Moment nicht aus dem Kopf. Ich fühle mich schlecht und schuldig, zudem aber auch etwas nervös und mehr wollend.

Nach einiger Zeit erreichen wir die Spitze des Teufelsberges. Hier befindet sich eine inzwischen verlassene und verkommene ehemalige Abhörstation aus dem Kalten Krieg. Wir betreten die Ruinen.

„In Jericho soll das Wetter gut sein," sagt Pfeiffer plötzlich aus dem nichts heraus. Gehört dies mit zum Plan?

Langsam kommen aus verschiedenen Ecken fünf junge Menschen heraus.

Zunächst schauen sie bedrohlich aus, bevor einer von ihnen anfängt zu lachen und sagt, „ja, aber in Istanbul noch viel besser. Willkommen zurück in Berlin. Ich bin der Mehmet und wir sind der Neue Vorhang."

„Der Neue Vorhang?" Fragt Sarah nach. Ihr Haar sieht noch immer sehr verwüstet aus.

„Ja, der Neue Vorhang," bestätigt Mehmet. „Getarnt als Theatergruppe wollen wir euch unterstützen. Für heute Nacht stellen wir euch eine Unterkunft zur Verfügung. Morgen werden wir die Aufmerksamkeit von euch ablenken, mit einem Theaterstück gone bad in berlinweiten Vorstellungen. Details werden wir euch aber nicht verraten. Entschuldigt bitte, wenn wir Fremden nicht so sehr trauen. Jetzt folgt uns."

„Wie wissen wir, ob wir euch trauen können?" Fragt Hannah nach Absicherung.

„Könnt ihr nicht, jetzt kommt mit," antwortet Mehmet und geht in Richtung Ausgang.

Florian zuckt die Schulter und folgt zuerst. Sarah und Pfeiffer dann auch, bevor schließlich auch Hannah und ich der Theatergruppe folgen.

Gemeinsam laufen wir die kurvige Straße zu Fuß herunter, bis wir an einem Parkplatz ankommen. Dort steht ein Kleintransporter und ein weiterer PKW. Mehmet öffnet die Hintertür des Kleintransporters und bittet uns, einzutreten. Wir folgen seinen Anweisungen, setzen uns dort direkt auf den Boden.

An den Seiten gibt es keine Fenster. Lediglich nach vorne hin gibt es eine abgedunkelte Scheibe, durch die sich hin und wieder Licht vom Straßenverkehr in unsere kleine Dunkelkammer herein traut.

Nach wenigen Minuten kommen wir an, steigen aus und betreten ein Altbaugebäude. Im fünften Stock befinden sich scheinbar die Räumlichkeiten der Theatergruppe ‚Neuer Vorhang'.

Die Nacht verbringen wir recht ungemütlich in Schlafsäcken in einem Theaterproberaum. Ich genieße die vielleicht letzten Stunden, die ich mit Hannah habe, neben ihr liegend. Natürlich sind aber auch alle anderen mit im Raum. Sarah liegt hierbei am weitesten von mir entfernt. War der Moment vorher für Sie etwa mehr als nur eine

Tarnung? Irgendwie habe ich schon das Gefühl, dass sie mir seitdem ein wenig aus dem Weg geht.

Mit wirren Gedanken im Kopf und recht nervös schlafe ich dann schließlich doch irgendwann ein.

Jetzt wird es ernst

Als ich am nächsten Morgen wach werde, sitzen Hannah und Pfeiffer bereits an einem Tisch, mit Plänen eines Gebäudes aufgedeckt. Einige stellen sind mit rotem Stift umrandet.

Sarah steht in einer anderen Ecke des Raumes auf einer Matte und macht Yoga. Florian schläft noch. Die Anzüge, welche wir später tragen werden, hängen bereits gebügelt an Kleiderhaken in einem Schrank. In diesem befinden sich auch noch weitere Kostüme der Theatergruppe. Die Fenster, die zur Straße hin zeigen sind mit recht dicken Vorhängen geschlossen. Licht dringt lediglich an den Seiten hindurch. Der Raum wird von künstlichem Licht beleuchtet.

Unsere Uniformen ähneln schon fast Geschäftsanzügen. Sie sehen elegant aus, könnte jeder im Geschäftsleben tragen. Sie haben allerdings ein Emblem des DGSE am Kragen des Sakkos. Zudem sollen Sakkos und Hosen nach modernsten Standards kugelsicher gefüttert sein.

Auf einem Tisch in der Nähe des Schrankes liegen Dienstausweise und scheinbar auch Dienstwaffen sowie Munition des DSGE. Langsam, aber sicher wird es ernst. Ob wir den heutigen Tag überleben, steht in den Sternen. Es könnte sogar

sein, dass wir gefasst und in einem Internierungslager der roten Fahnen gefoltert werden. Genau
genommen werden wir hier im eigenen Heimatland inzwischen politisch verfolgt. An all das was
schief gehen kann, will ich jetzt aber nicht denken.

Noch etwas müde höre ich mit meiner Analyse
der fremden Umgebung auf. Ich stehe auf und
schleiche langsam in Richtung Hannah und Pfeiffer.

„Guten Morgen Steffen," begrüßt mich Pfeiffer mit einem motivierten Lächeln im Gesicht.

„Guten Morgen Hasi," heißt auch Hannah
mich willkommen.

„Einen schönen Guten Morgen wünsche ich
euch auch," schließe ich mich den beiden an, „wo-
ran arbeitet ihr da?"

„Wir arbeiten einen Plan aus," erklärt Pfeiffer,
„einfach wird es nicht. Wachen soll es geben. Wir
haben eine Dokumentation der Beobachtung des
Zielgebäudes der letzten acht Wochen. Scheinbar
wird der Plan schon länger geschmiedet. Wir werden ihn jetzt endlich umsetzen."

„Ja, endlich," stimmt ihm Hannah zu, „in der
Nacht von Sonntag zu Montag ist die Bewachung
nachweislich am schwächsten. Zudem will der

Neue Vorhang heute Abend verschiedene Ablenkungsmanöver in elf deutschen Städten starten. Vielleicht werden dadurch sogar noch weitere Wachen abgezogen."

„Ok, wir werden sehen," stimme ich zu, „was soll ich dabei denn machen?"

„Aktiv mitmachen," erklärt Pfeiffer. „Ich weiß, du bist kein vollausgebildeter Agent, aber Sprengstoffe sind auch nur eine Spezialausbildung, welche Florian zum Glück bereits absolviert hat. Heute Nachmittag wird er uns alle im Umgang mit Sprengstoffen schulen. Anschließend werden wir dann in zwei Teams mindestens 20 strategische Sprengsätze platzieren. Die beiden die sich am besten mit den Sprengsätzen anstellen, sollen diese entsprechend platzieren. Vielleicht sogar du, Steffen."

In genau diesem Moment öffnet auf einmal jemand mit dem Schlüssel die Eingangstür. Wir alle schrecken zusammen und suchen ein Versteck. Selbst Florian ist urplötzlich aus dem Halbschlaf aufgeschreckt und stellt sich seitlich neben die Tür.

„Guten Morgen meine Freunde," ruft auf einmal eine männliche Stimme.

Es klingt nach, nein es ist Mehmet. Er bringt zwei Leute mit, sowie auch Brötchentüten.

Mit motivierender Tonlage verkündet er laut und etwas theatralisch: „Wie es aussieht Habe ich euch nicht geweckt. Heute ist es endlich soweit, der neue Vorhang geht auf. Ich habe euch Frühstück sowie Ana und Michel mitgebracht."

„Hi Guys," begrüßt uns Michel in etwas Nasaler Stimmlage, „Wenn ihr wüsstet, welche Überraschung wir heute für Berlin parat haben."

„Oh ja, Deutschland wird ein völlig neues Format erleben," Bestätigt ihn Ana.

„Ja, aber vor der Premiere heute Abend wird niemand eine Preview bekommen, guys, also zip it," gibt Murat den Ton an, „schließlich wissen wir nicht, wem wir hier trauen können und wir wollen ja nicht, dass die Vorstellung platzt."

Ana hat lange schwarze, herunterhängende Haare. Sie scheint zumindest auch türkische Vorfahren zu haben. Ihre Ausstrahlung wirkt selbstbewusst und stark.

Bei Michel hingegen bin ich mir da nicht ganz so sicher. Ich glaube, er ist perfekt für das zu Theater, aber für den Neuen Vorhang? Er hat mittellange dunkelblonde Haare und fällt durch wilde Gesten mit seinen Händen auf. Vielleicht täusche ich mich aber auch und Michel hat ganz einfach die perfekte Tarnung. Was soll ich schließlich sagen? Ich war nur Buchhalter vor einiger Zeit und schaue was ich jetzt mache.

Zusammen frühstücken wir. Tauschen uns darüber aus, was wir in den letzten Jahren gemacht und erlebt haben. Es ist schon interessant, wie sich die unterschiedlichen Personen von derselben Gruppierung benachteiligt fühlen können und sich dann dennoch als eine Einheit im Neuen Vorhang für den Gegenvorschlag formieren.

Religiöse und nationale Minderheiten, Flüchtlinge, Sexuell anders orientierte und natürlich grundsätzlich politisch anders ausgerichtete Menschen vereinigen sich. Sie erkennen das drohende Desaster für Deutschland und wollen es gemeinsam verhindern. Sie bilden Fäuste gegen da s Regime. Diese Gruppierungen lösen neue Wellen des Widerstands aus. Wenn wir gemeinsam zeitgleich agieren, könnte daraus eine riesige Welle, ein Tsunami entstehen, der das Regime ausspült.

Deutschlands Geschichte, die in den Geschichtsstunden über Generationen hinweg den Schülern immer wieder eingetrichtert wurde, scheint jetzt Wirkung zu zeigen, eine Rettung auszulösen, denn das ist, was all die Mitglieder gemein haben. Soweit wenigstens was ich verstanden habe, von dem was Mehmet, Ana und Michel erzählt haben.

Schließlich besprechen wir auch mit den drein das grobe Vorhaben. Wir machen uns bereit für den Einsatz.

Florian und Sarah kümmern sich darum, Sprengsätze an den Servern und dem Notstrom-Generatoren zu installieren, welche sich in einem Sicherheitsraum im Keller befinden sollen. Der Generator soll glücklicherweise auf Benzin laufen, was der Explosion als Multiplikator dienen soll. Wir hoffen, dass der Tank voll ist.

Pfeiffer, Hannah und ich hingegen bringen Sprengsätze an strategischen Punkten im Gebäude an: An den Tragenden Wänden im Keller und sowie im Erdgeschoss, an weiteren Pfeilern sowie auch an einigen Außenwänden.

Als wir mit dem Anbrechen der Dunkelheit starten, ist der Neue Vorhang bereits auf dem Weg. Erste Maßnahmen sollen früh starten. Alles was wir bisher wissen: Die sogenannten Vorstellungen widmen sich der Demonstration für mehr Klimaschutz und nicht direkt gegen die Regierung. Die Intensität dieser Maßnahmen soll dabei mit der Zeit zunehmen. Sie wurden von früheren Vorhaben der GegenKa sowie der Organisation des UmweltFriedens inspiriert.

In zwei Elektro SUVs und mit vollen Kofferräumen fahren wir schließlich mit unseren Neopren-Masken und Verkleidungen in Richtung des Hochhauses, aus dem ein Großteil der deutschen Internet-Überwachung sowie die Mediensteuerung erfolgt. Mit beide Wagen nehmen wir eine andere Route.

Die Stimmung in unserem SUV ist hochkonzentriert und angespannt. Niemand sagt ein Wort. Pfeiffer fährt, Hannah sitzt auf dem Beifahrersitz und ich hinten. Von hier hinten schaue zumeist aus dem abgedunkelten Fenster meiner Seite heraus. Das Radio ist aus. Viele Sachen gehen uns durch den Kopf, Entspannung ist aber keine von ihnen.

Selbst in mir ist die Anspannung inzwischen so groß, dass ich nervös alles genau beobachte, was draußen passiert. Ich glaube inzwischen Bedrohungen wahrzunehmen, welche sich aber glücklicherweise lediglich als Fehlalarm darstellen. An jeder Kreuzung, jedem STOP-Schild und jeder Ampel, an der wir anhalten, steigen meine Aufregung und meine Aufmerksamkeit noch ein wenig weiter an. Es geht sogar so weit, dass mir Hannah ihre Hand aufs Knie legt und mich bittet, mich zu beruhigen.

Unter meiner aktuellen Anspannung bekomme ich viel mit. Details gehen verloren und ich sehe Bedrohungen, wo es keine gibt.

Jedes Mal, wenn ich eine Sirene höre oder uns ein Wagen mit Blaulicht entgegenkommt, zucke ich zusammen. In dieser so kritischen Situation muss ich mich jetzt aber am Riemen reißen, mich konzentrieren, fokussieren und meine Nerven zusammenhalten. Wir wollen ein Gebäude zerstören, eine der Säulen des ökologisch-sozialistischem Regimes der Bundesrepublik außer Gefecht setzen, aber nervös darf ich dabei nicht sein.

Jeder von uns steckt in der gleichen Situation. Pfeiffer und Hannah haben ihre Nerven allerdings augenscheinlich besser unter Kontrolle als ich. Sie wurden dazu ja auch professionell ausgebildet. Dennoch ist jeder Einzelne von uns gleichermaßen wichtig. Der Erfolg unseres Vorhabens hängt von uns als Team sowie von den anderen Teams und den Aktionen des Neuen Vorhangs ab.

Die vermehrte Anzahl an Einsatzfahrzeugen der Polizei sowie von verdeckten Ermittlern, die uns entgegenkommen, deutet darauf hin, dass die Vorstellung nicht nur begonnen hat. Sie scheint auch erfolgreich zu sein. Das Radio schalten wir bewusst nicht ein, um den Kopf frei zu halten.

Egal welchen Erfolg die Vorstellung des Neue Vorhangs heute erzielt oder was deren Inszenierungen ausdrücken, wir wollen unser Vorhaben auf jeden Fall umsetzen. Zu lange haben wir auf diesen Moment, unsere Chance gewartet. Wer weiß zudem, wie die Regierung selbst die Live Berichterstattung im Radio inzwischen beeinflusst. Wir haben weder die Zeit noch den Kopf für Spielereien. Unentwegt nähern wir uns dem Einsatzort.

Punkt 11

Nach etwa 40 Minuten Fahrt hält Pfeiffer auf einem Parkplatz in Pankow an. Jeder von uns schnappt sich einen Teil der Ausrüstung im Rucksack, sowie eine Schusswaffe. Diese verstecken wir noch recht unauffällig im Sakko.

Es ist ein angenehmer spätsommerlicher Sonntagabend. Die Sonne geht langsam, aber sicher unter. Es gibt kaum Wolken, die um die Macht am Himmel ringen.

Hochkonzentriert schreitet Pfeiffer voran. Hannah und ich folgen, halten Händchen. Wir schauen uns immer mal wieder kurz, aber intensiv tief in die Augen, sagen dabei kein Wort.

Vor einer in etwa 2,5 Meter hohen Betonmauer als Zaun treffen wir schließlich auch wieder auf Florian und Sarah. Hinter dem Zaun verbirgt sich das Zielobjekt: ein inzwischen auf 5 Stockwerke aufgestockter Bau, wahrscheinlich noch aus Zeiten der DDR. Zentral befindet sich eine stählerne Eingangstür. Diese wird durch Videokameras von den oberen Ecken überwacht. Auf der rechten Seite befindet sich eine Einfahrt in die Tiefgarage. Auf der gegenüberliegenden Seite des Zauns erkenne ich einen Kinderspielplatz als Eingang in einen kleinen Park. Links und rechts neben dem

Gebäude stehen andere Häuser, vermutlich zumeist Wohnungen. Hoffentlich wird keine unschuldige Person hier zu Schaden kommen. Alles jetzt hier in der Realität zu sehen erhöht meine Bedenken. Wie können wir riskieren, unschuldige Menschen zu verletzen? Sind wir vielleicht wirklich Terroristen?

Zwischen der Einfahrt in die Tiefgarage und dem Eingangstor begeben wir fünf uns in Stellung. Pfeiffer und Florian halten EMP Granaten in ihren Händen. Diese tun nichts weiteres, als drei Mal innerhalb von 10 Sekunden einen elektromagnetischen Impuls freizusetzen, welcher diverse angeschaltete elektronischen Geräte außer Gefecht setzt. Wir alle kappen kurzfristig die Stromzufuhr unserer elektronischen Geräte: Kurzwellenfunkgeräte, Taschenlampen, usw.

Pfeiffer und Florian aktivieren die Granaten und schmeißen sie über den Zaun. Ich höre, wie eine der Granaten scheinbar auf Steinen landet. Florian schmeißt eine zweite Granate in die Garageneinfahrt.

Gespannt warten wir 10 Sekunden. Es wird kein Alarm ausgelöst. Auch keine anderen auffälligen Geräusche wie laufende oder schreiende Wachen höre ich.

Florian und Sarah rennen in die Garageneinfahrt. Sie versuchen, das Garagentor aufzuziehen, aber es passiert nichts. Dieses scheint mechanisch blockiert zu sein.

Pfeiffer knackt zeitgleich das ebenfalls mechanisch betriebene Schloss des Tores. Langsam schiebt er es auf.

„Die Garage können wir von hier nicht öffnen, wir müssen einen anderen Weg finden," kommentiert Florian flüsternd. Er ist inzwischen zurückgekehrt. „Wenigstens sind die Kontrollleuchten der Überwachungskameras aus."

„Ok, kein Problem," antwortet Pfeiffer ebenfalls flüsternd, „Hinterm Zaun müsste rechts eine kleine Kabine sein. Vielleicht können wir das Tor dort öffnen."

Vorsichtig tritt Pfeiffer als erstes hinein, gefolgt von Hannah und mir. Beide halten ihre Waffen in der Hand. So nehme auch ich meine heraus. Jetzt wird es ernst. Florian und Sarah warten noch draußen.

Pfeiffer gibt Hannah ein Zeichen, in das kleine Kontrollhäuschen rechts zu gehen. Hannah folgt der Anweisung. Pfeiffer und ich halten Stellung.

Im Innenhof tut sich nichts, niemand bewegt sich, aber auch kein Licht ist an, weder im Innenhof noch im Haus.

„Es ist ruhig hier, viel zu ruhig," gibt Pfeiffer seinen Zweifeln Ausdruck, „das hatte ich schon mal erlebt. Es ging nicht gut aus damals."

Hannah verlässt das Häuschen. Florian sagt, das Tor sei noch immer verschlossen. Florian und Sarah kommen schließlich auch herein und schließen die Tür vorsichtig hinter sich.

In der Ferne erkenne ich, dass die Eingangstür des Hauses einen Schlitz weit geöffnet ist.

„Die Haustür ist offen," kommentiere ich in leiser Stimme, während ich zur Tür zeige.

„Das erscheint alles seltsam," kommentiert Pfeiffer, „als ob wir hier am falschen Ort sind, oder als ob die uns erwarten.

„Vielleicht hat ja alles eine gute Erklärung," erwidert Sarah, „da wir schon hier sind, lasst uns vorsichtig fortfahren."

„Ok," bestätigen Hannah und Florian fast synchron.

Mit größter Vorsicht und einsatzbereiten Schusswaffen nähern wir uns dem Gebäude. Wir entscheiden uns aber dafür, einen Lüftungsschacht aufzusuchen, welcher uns direkt in den Keller führt.

Also betreten wir vorsichtig den Garten. Dort finden wir ein Gitter am Boden, als auf einmal von der Seite ein kräftiges Pfeifen ertönt. Es scheint ein aktueller Pop-Song gepfiffen zu werden. Wir alle verstecken uns instinktiv gesteuert in den Büschen.

Jemand kommt aus dem Gebäude heraus und schließt die Eingangstür hinter sich.

„Merkwürdig," kommentiert die Wache, „eigentlich sollte das Licht doch bereits an sein."

Die Wache nimmt ein Telefon aus seiner Tasche, als Florian und Pfeiffer ihn von hinten greifen und mit sich zu uns in den Busch ziehen. Sie knebeln den Mund und fesseln Arme und Beine.

Als Hannah sich die Wache anschaut, kommentiert sie: „Hakki? Du lebst?"

Hakki, das war einer aus dem alten Team, der das Team verraten hat, damals im Trainings-Camp. Eine Glatze trägt er nicht mehr, sogar einen Schnäuzer, aber ja, das ist Hakki. Bisher hatten wir angenommen, dass er im Ausbildungszentrum ums Leben gekommen ist, als die Rakete dort eingeschlagen hat. Scheinbar aber nicht.

„Du kennst ihn?" Fragt Pfeiffer.

„Wir kennen ihn," bestätigt Sarah.

„Ja, er ist derjenige der uns verpfiffen hat," fügt Florian hinzu.

„Hakki," beginnt Sarah, ihn direkt anzusprechen. Ich weiß nicht, ob es so gut ist, ihm unsere Identität preiszugeben.

„Hakki," wiederholt sie, „bist du die einzige Wache hier?"

Hakki nickt. Er sieht verängstigt aus. Vor allem seine Augen sind weit geöffnet und machen einen nervösen Eindruck.

„Weißt du, wer ich bin?" Fragt Sarah.

Er schüttelt den Kopf. Reicht ihm die Stimme nicht, um Sarah zu erkennen? Toll, wie gut die Maskierung wirkt.

„Ich bin es, Sarah," fährt sie fort, „wir waren mal Freunde. Erinnerst du dich jetzt?"

Hakki schaut sie fragend an. Sarah gibt Florian ein Zeichen, ihm den Knebel aus dem Mund zu nehmen, während sie ihre Waffe an seinem Kopf hält.

Sie fragt Hakki, „wenn wir dir den Knebel aus dem Mund nehmen, wirst du nicht schreien, verstanden? Sonst hast du eine Kugel im Kopf."

Hakki nickt vorsichtig. Florian löst den Knebel und zieht ihn herunter. Pfeiffer hält währenddessen die Umgebung im Auge. Hannah öffnet vorsichtig das Gitter in den Keller.

Sarah fährt fort, „Hakki, ich kann dir immer noch nicht verzeihen, dass du uns damals verraten hast. Wir haben viele Freunde verloren. Wieso bist du jetzt auf deren Seite?"

„Ich bin auf der Seite des Rechtsstaates," betont Hakki in einem verunsicherten, aber dennoch recht selbstverständlichen, flüsternden Ton. „Ich habe einen Eid abgelegt, den Rechtsstaat zu verteidigen."

Zugleich macht er mit seinem Kopf Bewegungen, die nach unten deuten.

„Selbst, wenn dein Rechtsstaat die innere Sicherheit, den Wohlstand und die innere Freiheit bedroht?"

„Das ist, was die Terrorzelle, in der ihr wart, euch glauben lässt," fährt Hakki fort. „Der Mensch braucht Regeln. Regeln, die ihn vor sich selbst schützen. Das funktioniert auf Dauer nur im Sozialismus. Der Kapitalismus macht die Reichen reicher und alle anderen nicht. Nur im Sozialismus sind wir alle gleich."

Noch immer deutet er mit dem Kopf nach unten, als ob er damit etwas sagen will. Florian tastet ihn ab.

„Und weil das alles so gut ist, unterspült diese Regierung das Fundament der funktionierenden

Gesellschaft mit dem Entzug der Meinungsfreiheit sowie mit aktiver körperlicher Gewalt?" Geht Sarah in eine tiefere Diskussion.

Pfeiffer flüstert dazwischen mit französischem Akzent, „Madame, wir sind hier nicht zu diskutieren. Wir müssen weiter. Stellt ihn ruhig."

Zugleich findet Florian in der Jacke von Hakki eine Wanze und zerstört sie. Er zeigt uns die zerstörte Wanze und kommentiert ebenfalls mit französischem Akzent: „Sarah, jetzt könnte Sie Ihre Tarnung aufgedeckt haben."

Erstaunlich, wie das erschrockene Gesicht selbst durch die Neoprenmaske hindurch erkennbar ist.

Hakki sagt, „na endlich habt ihr die Wanze gefunden. Ich musste das sagen, die haben meine Familie. Ich werde euch nicht verraten."

Zeitgleich knebelt Florian ihn wieder und spritzt ihm ein Schlafmittel.

Inzwischen hat Hannah das Gitter vom Boden vorsichtig gegen die Wand gestellt. Sie wirft eine EMP-Granate in den Keller. Wir warten wenige Sekunden und betreten anschließend den Keller. Florian zieht hinter sich das Gitter zu. Hakki bleibt versteckt und gefesselt im Gebüsch liegen.

Wie vorab besprochen, begeben sich Florian und Sarah direkt auf die Suche nach dem Sicherheitsraum. Pfeiffer und Hannah machen sich auf den Weg, Sprengsätze an den definierten Standorten im Keller anzubringen. Ich halte die Umgebung im Auge und suche nach der Tür zum Treppenhaus.

Mit meiner Taschenlampe leuchte ich durch den Raum. Wir stehen in einem Bereich der Tiefgarage. Hier unten, rechts von mir, steht lediglich ein Auto. Ist das das Auto von Hakki? Ist er wirklich alleine hier? Nach Links führt ein langer und dunkler Gang ins Ungewisse. Florian und Sarah sind vorhin recht schnell dorthin verschwunden. Zugleich höre ich aber auch Geräusche des Aneinanderprallens von Schlüsseln eines Schlüsselbundes. Dieses ertönt aus der Dunkelheit des Ganges.

Vorsichtig traue auch ich mich Florian und Sarah hinterher in die Dunkelheit.

Auf der linken Seite folgt schnell ein erster Raum. Ich schaue kurz hinein. Hier befinden sich Reinigungsutensilien. Gegenüber dieses Raumes befinden sich ein alter, scheinbar kaum genutzter Besprechungsraum. Weiter vorne links an der Seite stehen Florian und Sarah. Da hinten müsste ein Zugang zum Sicherheitsraum sein.

„Hey," flüstert Florian und wirft mir etwas zu. "Die Schlüssel habe ich bei Hakki gefunden. Die passen hier aber nicht. Vielleicht helfen sie dir."

Leider konnte ich die Schlüssel, welche sich zusammengedrückt in einer kleinen Ledertasche befinden, nicht direkt fangen. Also hebe ich sie vom Boden auf und folge dem Gang weiter ins Unbekannte.

Schritt für Schritt schleiche ich vorsichtig voran. Das Knatschen meiner Schuhe auf dem glatten Fußboden macht mich zusätzlich nervös. Im Hintergrund höre ich, wie sich die anderen hastiger bewegen. Zeitweise höre ich das Piepen von aktivierten Bomben.

Ich schaue auf meine Uhr. 22:36 zeigt sie. In 24 Minuten, also um Punkt 11 werden die Bomben hochgehen, wie weit auch immer wir bis dahin gekommen sind.

Am Ende des Ganges führt der Weg lediglich nach rechts. Dort erkenne ich auf der linken Seite einen Fahrstuhl und weiter nach vorne eine Stahltür. Einen Fahrstuhlschacht hatte ich auf den Plänen aber nicht in Erinnerung. Vielleicht habe ich es einfach übersehen.

Vor der Stahltür bleibe ich rechts stehen. Meine Waffe halte ich bereit. Hinter mir erkenne ich, wie auch Pfeiffer und Hannah immer näher zu mir kommen. Sie bringen Sprengsätze in jedem Raum an.

Als beide bei mir angekommen sind, betätige ich vorsichtig die Stahltür. Sie führt ins Treppenhaus. Ich Leuchte den Weg aus, während Pfeiffer und Hannah mit den Waffen nach vorne zielend eintreten.

„So einfach kann das nicht sein," kommentiert Pfeiffer, „irgendwas ist hier falsch. Damals, also bevor wir fliehen mussten war alles viel stärker überwacht. Ich hoffe, wir sind im richtigen Gebäude."

„Ja, merkwürdig ist das schon," stimmt ihm Hannah zu.

„Daran können wir jetzt auch nichts ändern," ergänze ich. „Vielleicht wurden die ja alle abgezogen, wegen dem Aktionen von Mehmet und Co."

„Ja mag sein, trotzdem komisch," wiederholt sich Pfeiffer, „ist jetzt aber auch egal. Lass uns weiter machen."

So gehe ich vorsichtig die Treppen hoch, während die anderen beiden fleißig weiter Sprengsätze im Treppenhaus anbringen.

„Hattet ihr eigentlich die Fahrstühle in den Bauplänen gesehen?" Frage ich, während wir uns vorsichtig weiter nach oben arbeiten.

„Fahrstühle?" Fragt Hannah nach.

„Ja, unten, direkt neben dem Treppenhaus war ein Fahrstuhl," erkläre ich meine Frage.

„Nein," verneint es Pfeiffer, „der muss nachträglich eingebaut worden sein. Unsere Pläne waren zumeist nur die Baupläne im Original."

„Wird das unser Vorhaben beeinträchtigen?" Hake ich nach.

„Ich denke nicht," erklärt Pfeiffer, „Tragende Wände werden in der Regel nicht nachträglich ergänzt."

„Dennoch denke ich, dass wir auch hier Sprengsätze anbringen sollten," kommentiert Hannah.

„Gut, dass wir Backup-Sprengsätze dabeihaben," klärt mich Pfeiffer auf, „Steffen, kannst du die Sprengsätze in deinem Rucksack bitte auf uns beide verteilen?"

„Klar," stimme ich nervös zu, nehme den Rucksack ab und lagere die Sprengsätze und Zünder vorsichtig um: Zuerst welche auf Pfeiffer, dann auf Hannah.

Im Erdgeschoss angekommen, fordert uns Pfeiffer auf, „Hannah, bringe noch weiter oben Sprengsätze an. Steffen, gib mir hier eben Feuerschutz."

Wir stehen vor der Stahltür im Erdgeschoss. Pfeiffer und ich mit angezogener Waffe. Vorsichtig drücke ich die Tür einen Spalt weit auf.

Pfeiffer flüstert, „scheiße, da ist jemand, und Kameras und Elektronik. Steffen, hast du zufällig auch eine EMP Granate?"

Ich nicke nervös, greife in die Innentasche meines Sakkos und hole die beiden Granaten raus, halte sie Pfeiffer hin.

Er fordert mich auf, „nein, aktiviere sie und schiebe sie am Boden vorsichtig in den Raum."

Dies tue ich. Eine Granate stecke ich zurück. Die andere Rolle ich hinein, während Pfeiffer die Tür offenhält. Das Geräusch der am Boden rollenden Granate mach mich noch etwas nervöser. Wer auch immer sich dort aufhält, könnte jetzt auf uns aufmerksam werden. Kurz bevor die Tür schließt höre ich tatsächlich jemanden vom Schreibtisch aufstehen. Die Tür schließt.

Plötzlich schießt Pfeiffer mit seinem schallgedämpften Gewehr nach oben. Was ist das, ist da wer? Was ist mit Hannah?

Er schießt zwei Mal in eine obere Ecke und ändert dann die Schussrichtung. Beim genaueren hinschauen erkenne ich dann seine Ziele. Verdammt, hier gibt es auch Kameras im Treppenhaus und diese blinken noch rot.

Pfeiffer regt sich auf, „verdammt, wie konnten wir das bloß übersehen?"

Nervös sagt er über das Team-Funk: „Team, gebt acht auf Kameras in den Ecken. Sie sind noch oder wieder aktiv. Hannah, das gilt vor allem auch für das Treppenhaus."

„Verstanden," bestätigt Hannah, kurz bevor ich dann auch das Geräusch von schallgedämpften Schüssen von oben höre.

Aus dem Keller informiert uns Florian, „wir sind inzwischen im Sicherheitsraum. Sprengsätze sind angebracht. Hier befindet sich auch der Sicherungskasten. Sollen wir ihn zerstören?"

„Ja, bitte," bestätigt Pfeiffer, während er mir das Zeichen gibt, die Tür schnell zu öffnen.

Also drücke ich die Tür kraftvoll auf und ziehe zugleich meine Waffe. Fast im selben Moment gehen auch die Lichter aus. Lediglich ein Notebook spendet noch flimmerndes Licht im Raum hinter der Stahltür.

Pfeiffer und ich strahlen mit der Taschenlampe und mit angelegten Waffen durch den Raum, als auf einmal Schüsse fallen. Ich werde an der rechten Schulter getroffen und gehe zu Boden.

Pfeiffer erschießt währenddessen den Schützen mit einem Kopfschuss.

Kurz darauf bringt er hastig zwei Sprengsätze beim Fahrstuhl an und gibt den Befehl über das Team-Funk, „Rückzug, Steffen ist getroffen, Rückzug."

Er schmeißt einen DSGE-Ausweis sowie eine Waffe des DSGE auf den Boden und hilft mir vorsichtig auf.

Als ich wieder stehe kommentiert er, „Echt gut diese Anzüge."

Er greift in die Einschussstelle und holt eine Kugel heraus.

Pfeiffer sagt, „das wird wohl einen dunkelblauen Fleck geben, vielleicht einen Knochenbruch, aber zumindest keine Fleischwunde."

Meinen rechten Arm kann ich nicht mehr ohne Schmerzen bewegen. Mit meiner linken Hand greife ich in die Einschussstelle. Tatsächlich, kein Blut.

Unterdessen zieht mich Pfeiffer schon wieder mit sich in das Treppenhaus. Von oben kommt Hannah direkt auf mich zugelaufen.

„Steffen, ist alles in Ordnung?" Sorgt sie sich um mich.

Noch etwas unter Schock bekomme ich keinen Ton heraus.

„Steffen?" Fragt sie mich noch einmal.

Pfeiffer antwortet für mich, „es ist alles gut gegangen. Der kugelsichere Anzug hat die Kugel abgefangen. Jetzt lass uns aber schnell raus hier."

Noch immer im Schockzustand ziehen Hannah und Pfeiffer mich mit sich. Florian und Sarah warten bereits am Gitter unseres Ausgangs aus der Tiefgarage. Kurz bevor wir ankommen, öffnen sie das Gitter.

Gemeinsam verlassen wir das Gebäude. Hannah, Pfeiffer und ich gehen zunächst zum Tor. Florian und Sarah verschließen das Gitter wieder hinter uns. Außerdem zwingen sie Hakki mit sich, bisher hat ihn niemand im Busch gesehen.

Etwas unvorsichtig schließt Florian wieder das Tor zum Gelände hinter uns. Er, Sarah und Hakki laufen in die eine Richtung. Pfeiffer, Hannah und ich laufen in die andere Richtung. Ein Blick auf die Uhr zeigt 22:52. Viel Zeit zur Flucht hatten wir nicht mehr.

Die Flucht

Kurz nachdem wir im Auto angekommen sind, hören wir auf einmal mehrere Explosionen. Zügig wechseln wir unsere Kleidung und verstauen die Uniformen im Kofferraum.

Hastig, aber mit einem Lächeln auf den Lippen, startet Pfeiffer den Wagen. Hannah sitzt währenddessen auf der Rückbank mit mir, hält meinen Oberkörper auf ihren Beinen und streicht mir durchs Haar.

„Oh mein Steffen," flüstert sie mit wenigen Tränen unter den Augen. „Was machst du mir so eine Angst? Dir darf doch nichts passieren."

Pfeiffer fährt unterdessen bereits los. Der Plan ist, Berlin über Landstraßen zu verlassen. Waldwege wären zu auffällig. Autobahnen werden vermutlich als erstes geprüft.

Pfeiffer schaltet das Radio an. Es läuft ein romantisches, etwas melancholisches Lied. Vielleicht hilft es mir ja, mich zu beruhigen.

Ich schaue zum Fenster heraus. Vielleicht kann ich ja heute Nacht ein paar Sterne sehen. Auf einmal nehme ich aber etwas Anderes Verdächtiges wahr: Da sind blinkende Lichter über uns. Diese schwanken ein bisschen, bewegen sich allerdings scheinbar mit uns.

„Hannah, Micha," sage ich nervös, „da sind Lichter über uns die uns verfolgen."

Pfeiffer dreht sich zu uns um, schaut fragend. Hannah schaut mich besorgt an. Glauben die, ich halluziniere?

„Da oben," ergänze ich und zeige mit dem Finger hoch, „da sind lichter, die bewegen sich mit uns, verfolgen uns, vielleicht eine Drohne oder so."

Pfeiffer öffnet eine Schicht des Schiebedachs. Lediglich die Sonnen-Abdunklung trennt ihn jetzt noch vom Sternenhimmel. Dennoch kann er oben wahrscheinlich schon etwas erkennen.

An einer Ampel stehend schaut er schließlich hoch und sagt, „scheiße, eine Drohne verfolgt uns. Hannah, komme nach vorne. Wir müssen sie loswerden."

„Hat jemand noch eine EMP-Granate?" Fragt Hannah.

„Wir fahren in einem Elektro-Auto," beginnt Pfeiffer zu erklären.

Hannah unterbricht ihn, „Ok, ok, du hast Recht. Fahre unauffällig weiter."

Mit der Unterstützung von Hannah setze ich mich auf, damit Hannah nach vorne klettern kann. Auch ich setze mich jetzt aufrecht hin.

Auf dem Beifahrersitz angekommen installiert Hannah einen Laserpointer auf ihrer Pistole. Sie zielt, öffnet das Verdeck und schießt, vier, fünf Mal.

„Verdammt," flucht sie, „ich treffe das Ding nicht und ich habe nur noch fünf Schüsse übrig."

„Ok," äußert sich Pfeiffer, „dann eben anders."

Er biegt nach rechts in eine Seitenstraße ab und hält an. An einer ruhigen Stelle angekommen schaltet er den Motor aus. Jetzt nimmt er sich eine EMP-Granate, aktiviert sie und legt sie aufs Dach. Das Verdeck schließt er und wir warten. Pfeiffer schaut nach oben, durch die abgedunkelte Scheibe im Dach.

„Jawoll," kommentiert er, „die Lichter sind aus."

Kurz darauf höre ich, wie etwas Metallenes rechts neben uns auf die Straße fällt.

Pfeiffer steigt aus, geht zur Drohne und trennt die Batterie. Zudem holt er auch eine Speicherkarte heraus.

„Wir müssen das Auto wechseln," kommentiert er, „aber nicht hier, das ist zu auffällig, zu nah an der Drohne."

Er schließt die Tür hinter sich und startet den Motor. Der Wagen fährt noch. Wir begeben uns wieder zurück auf die Hauptstraße. Hannah bleibt vorne sitzen, ich hinten.

Im Radio kommen unterdessen die Nachrichten: „Bei Aktionen im ganzen Land haben Aktivisten den Jahrestag der Machtergreifung der aktuellen Regierung gefeiert. Ihre Aktionen unterstreichen den Erfolg der umgesetzten sozialen und ökologischen Maßnahmen. Dennoch fordern sie auch weiterhin mehr Klimaschutz. Die Regierung hat unterdessen bereits weitere Klimaschutzmaßnahmen angekündigt. Ein Sprecher der Aktivisten hat die Regierungsparteien gelobt. Es sei endlich an der Zeit gewesen, dass Deutschland menschlich und ökologisch sozialer wird."

Pfeiffer kommentiert, „am Arsch verdammt noch mal. Es ist, als hätte uns Mehmet verarscht und wir haben nichts erreicht. Wer braucht schon noch Feinde, wenn er falsche Freunde hat?"

„Ja," fügt Hannah hinzu, „und kein Wort über den maroden Zustand der Gebäude, fehlende Medikamente oder leere Supermärkte. Verkauft wird es als soziale und ökologische Maßnahmen, als Supermittel. Weniger Verschwendung, anstatt das System ökologisch sinnvoller zu gestalten. Aus meiner Sicht haben sich zwei Systeme gefunden, welche sich super ergänzen, darin, die Probleme zu verwischen und durch neue Gesetze abzulenken. Dabei wäre doch alles so viel nachhaltiger und besser für den Menschen, wenn Klimaschutz durch Innovative Lösungen erreicht werde. In Israel werden beispielsweise inzwischen nur noch Kunststoffersatzmittel anstelle von Plastik verwendet, die sich nach kurzer Zeit im Wasser umweltverträglich auflösen. Wieso gibt es nicht mehr Innovationswettbewerbe am Markt, um die Umwelt zu schonen und dem Menschen ein tolles Leben zu ermöglichen?"

„Hannah," bringe ich mich ein, „ich liebe dich und deine Leidenschaft sowie deine Ideen zum Thema, aber zumindest für heute Nacht, male den Teufel mal bitte nicht an die Wand. Vielleicht ist das ja nur das letzte Zucken des Nachrichtendienstes. Ja, es wird alles als schön verkauft und die Radiostationen sind unter staatlicher Kontrolle. Sie haben ihre Checklisten und Vorgaben dazu, was zu berichten ist. Diese Nachricht könnte aber sogar bereits einige Stunden alt sein. Vielleicht hatten wir ja doch Erfolg."

„Ja, vielleicht," stimmt mir Hannah zu, dreht sich um und wirft mir ihr bezauberndes Lächeln zu.

„Vielleicht auch nicht," widerspricht uns Pfeiffer.

Noch immer oder wieder mal angespannt fahren wir auf der Hauptstraße weiter in Richtung Ostsee. Ein Boot soll uns rüber nach Skandinavien bringen.

Zunächst sagt niemand von uns ein Wort. Stumm fahren wir weiter in Richtung Norden, als Pfeiffer auf einmal nach rechts abbiegt, und nach Links und dann wieder nach rechts.

„Ist alles in Ordnung?" Frage ich nach.

„Wir werden verfolgt," erklärt Pfeiffer, „zwei dunkle Geländewagen hinter uns folgen uns. Sie greifen nicht ein, als ob sie wollen, dass wir sie zu den anderen führen. Ich werde jetzt aber auf die Autobahn wechseln und hoffe, dass wir schneller sind. Wir hätten das Auto inzwischen wechseln sollen."

Für weitere 20 Minuten fahren wir scheinbar entspannt durch die Straßen, auch wenn die Anspannung in uns steigt. Unsere Verfolger bleiben hinter uns, nicht direkt, sondern mit Abstand. Sie folgen uns aber definitiv. So können wir nicht zum Treffpunkt.

Wir erreichen die Autobahn in Richtung Hamburg und Pfeiffer gibt Vollgas. Unsere Verfolger bleiben dran, holen sogar auf. Eine der beiden Wagen fährt seitlich neben uns.

Vorne sitzen zwei Männer mit Anzügen. Durch die hinteren Fenster des Geländewagens neben uns kann ich nicht hindurchschauen.

Der Beifahrer richtet irgendwas das wie eine futuristische Pistole aussieht auf unseren Wagen. Kurz darauf gehen Motor und Radio aus. Der Wagen wird rapide langsamer.

„Scheiße, sie haben uns," flucht Pfeiffer, „da müssen wir uns jetzt irgendwie rausreden."

Er versucht, den Wagen neu zu starten, aber es tut sich nichts. Es scheint, als hätten die einen gezielten elektromagnetischen Impuls ausgelöst, uns somit aufgehalten.

Pfeiffer bringt den Wagen auf dem Seitenstreifen zum Stoppen. Ein Verfolger hält vor uns, der andere hinter uns.

Hannah greift seitlich neben sich in Richtung einer Schusswaffe, ohne diese jedoch bereits herauszuholen. Pfeiffer steckt sie sich in seine Innenjacke. Er öffnet die Tür und steigt aus.

Auf einmal geht er zu Boden. Ich hatte aber keinen Schuss gehört. Was war das?

„Sie verwenden Tasor," kommentiert Hannah mit dem Blick auf Pfeiffer, kurz bevor sich hinter ihr und mir die Türen öffnen.

Jemand greift mich von hinten, hält mir ein Tuch unter die Nase, zieht mich aus dem Wagen. Es wird Dunkel.

Die Kammer des Schreckens

Durch meine Geschlossenen Augen nehme ich ein grelles Licht wahr. Was ist das? Wo bin ich gelandet?

Auf einmal spüre ich, wie eine Ladung mit eiskaltem Wasser meinen scheinbar freien Oberkörper trifft. Eisstücke sind dabei.

Erschrocken durch dir plötzliche Eiseskälte reiße ich meine Augen auf und schreie, „aah".

Mit meinen Händen und Füßen versuche ich zusammenzuzucken, aber sie sind gefesselt. Arme und Beine sind in die Extreme gestreckt. Ich kann mich kaum bewegen. Ich liege auf einer kalten und glatten Metallplatte.

Langsam versuche ich, meine Umgebung besser zu erkennen. Das grelle Licht kommt von Scheinwerfern, welche genau auf mich gerichtet sind. Hinter ihnen nehme ich nur teilweise Schatten wahr. Hinzu kommt das Murmeln verschiedener Stimmen.

Rechts und links neben mir ist nichts, außer Wände.

„Was soll das? Was wollt ihr von mir?" Rufe ich laut heraus.

Plötzlich nehme ich eine männliche Stimme präsenter wahr. Ich kenne die Stimme nicht, aber sie scheint mit mir zu sprechen: „Schau mal wer da jetzt wach ist, auch der letzte im Bund."

Eine weibliche Stimme fährt fort, „ja, mal sehen wie lange es dauert bis er bricht."

Beide lachen lauthals. Ein starker und kalter Wasserstrahl ist auf einmal auf meinen nackten Oberkörper gerichtet. Zeitweise geht er auch in mein Gesicht. Ich ringe nach Luft.

„Louis," sagt die männliche Stimme, während der Wasserstrahl auf mich gerichtet ist. „Louis, das ist doch Ihr Name oder etwa nicht?"

Louis, meine Identität, mein Fake Ausweis, ja verdammt, der DSGE, ich darf meine Freunde nicht in Stich lassen. Die Tarnung muss aufrecht erhalten bleiben.

Reflexartig antworte ich mit französischem Akzent, „Oui! Mein Name ist Louis, was wollen Sie von mir?"

„Woher kommt denn plötzlich der französische Akzent?" Hakt die weibliche Stimme nach. „Wahrscheinlich ist der Akzent genauso fake wie seine Maske."

Verdammt, ich hätte vorher nichts sagen sollen.

Die männliche Stimme fährt fort, „der Akzent ist mir egal. Fakt ist, wir haben Sie erwischt, auf der Flucht. Zwei Ihrer Kollegen haben wir auch."

„Ja und ihr drei werdet jetzt zeitgleich verhört," ergänzt die weibliche Stimme.

„Ihre echten Gesichter lassen wir gerade zudem durch die Datenbank laufen," bringt sich die männliche Stimme wieder ein, „es ist also lediglich eine Frage der Zeit, bis die Wahrheit herauskommt."

In direktem Schlagabtausch setzt die weibliche Stimme fort, „du kannst dir aber einen Gefallen tun. Wir geben euch drein die Wahl. Der erste von euch der redet wird im Exil auf Kuba ein schönes Leben führen, aber nie wieder hierher zurückkehren."

„Die anderen beiden hingegen werden in ein Internierungslager nach Russland gesendet, auf Lebenszeit," erklärt die männliche Stimme, „da ist es nicht so schön wie hier. Solange keiner redet bleibt ihr alle hier mit regelmäßigen Maßnahmen zur Motivation der Aussprache. Was darf es für dich sein?"

Verdammt noch mal, soll ich den Zweck aufgeben und mich selbst retten? Was wenn ich es nicht tue, aber Pfeiffer oder Hannah? Nein, Hannah würde mich nicht in Stich lassen, aber würde ich sie schon lieber in Sicherheit auf Kuba wissen, selbst wenn ich hier bleibe oder nach Russland muss. Egal was mit mir passiert. Ich liebe sie mehr als mich.

„Wie hättest du es am liebsten?" Hakt die weibliche Stimme nach.

„Wenn ich Aussage, könnt ihr dann Zoé nach Kuba in Sicherheit bringen?" Frage ich nach.

Zoé ist der Deckname von meiner kleinen und süßen Hannah.

„Der Deal gilt für dich, Schmitt," erwidert die weibliche Stimme eindringlich.

Schmitt? Verdammt, haben sie meine Identität geknackt? Wenn die bereits wissen wer wir sind, dann lassen die uns vermutlich eh nicht mehr raus, zumindest nicht lebendig. Ich muss den anderen jetzt also vertrauen und auch von meiner Seite die Lüge glaubwürdig rüberbringen.

Was hatte ich noch gelernt? Ich muss zunächst einiges an Folter ertragen, um die Geschichte glaubhafter zu machen. Die Lüge darf ich nicht zu schnell erzählen, sonst verliert sie an Aussage-kraft. Naja, dann muss ich da wohl durch.

„Ich werde euch nichts verraten," wähle ich den harten Weg.

Auf einmal wird mir eine Plastiktüte über den Kopf gestülpt. Verzweifelt ringe ich nach Luft.

Da ist aber keine Luft verfügbar, die ich in meine Lungen inhalieren könnte. Ich zucke mit meinem ganzen Körper zusammen, versuche mich zu befreien. Es wird aber nichts.

Nach kurzem wird die Tüte wieder entfernt. Ich ringe sehnsüchtig nach Luft.

Wenige Sekunden später fragt mich die männliche Stimme: „Wer hat Sie geschickt? Wer steckt hinter dem Vorhaben?"

„Mein reiner Menschenverstand hat mich geschickt," antworte ich.

Wieder wird eine Plastiktüte über meinen Kopf gestülpt. Erneut versuche ich verzweifelt, nach Sauerstoff zu schnappen, nichts. Die Tüte wird wieder gelöst.

„Wer hat Sie ausgerüstet und Ihnen den Standort verraten?" Fragt die männliche Stimme.

Ich sage nichts.

„Antworte," schreit mich die weibliche Stimme an.

Im selben Moment spüre ich, wie ein anhaltender Stromschlag in meine Beine hineingeht. Mein ganzer Körper zittert. Ich werde schwächer, fühle mich schwächer, jede Sekunde raubt mir Kraft,

Als der Stromschlag aufhört, erschreckt mich wieder eine Ladung eiskalten Wassers. Adrenalin pumpt in mein Blut. Ich werde wieder wacher und schrecke auf.

„Wer steckt hinter dem Anschlag?" Fragt die männliche Stimme.

Vollkommen außer mir und geschwächt schreie ich verzweifelt und zugleich am Weinen, „ich weiß es nicht, mir sagt doch keiner was. Ich bin doch nur ein kleiner Bauer."

Im Hintergrund höre ich eine dritte Person, männlich, kommentieren, „das bringt doch so nichts. Irgendwas muss er wissen. Lass uns einen alternativen Weg gehen."

„Ok," bestätigt die bekannte männliche Stimme.

In diesem Moment spüre ich, wie eine Spritze in mich eindringt. Ich werde schnell müde, schlafe ein.

Im nächsten Moment, den ich wahrnehme, spüre ich, wie ich nach hinten falle. Ich bin geschockt und der Schock weckt mich auf.

Ich bin hier im Sitzen an einen Stahlstuhl gefesselt. Mit dem Aufprall taucht mein Kopf in Wasser ein. Ich schnappe nach Luft, aber bekomme nur Wasser. Noch unter Wasser öffne ich meine Augen. Da ist nichts zu sehen als Dunkelheit über mir. War es das? Ertrinke ich hier jetzt? Habe ich bereits Wasser in den Lungen?

Sekunden werden in diesem Moment zur Unendlichkeit. Ausgehend von meiner Lunge spüre ich im ganzen Körper unglaubliche Schmerzen. Es ist, also wolle mein Körper nur noch zerbrechen.

Letzte Gedanken schießen durch meinen Kopf wie, ‚was habe ich bloß mit meinem Leben gemacht?‘ Oder ‚Hannah, werde ich sie jemals wiedersehen?‘ Hannah, wegen ihr kann ich nicht aufgeben. Ich muss das überleben. Sie soll nicht um mich trauern müssen.

Nach gefühlten Sekunden der Ewigkeit scheint mich ein automatisierter Mechanismus wieder aus dem Wasser zu ziehen.

Meine Hände sind hinten zusammengefesselt, mein Oberkörper aber nicht. Er fällt automatisch nach vorne. Ich huste stark, huste Wasser aus, übergebe mich sogar scheinbar kurz, als mich von hinten jemand greift und meinen nackten Oberkörper an den kalten Stuhl fesselt.

Mir wird ein Knebel in den Mund gesteckt und hinten am Kopf zusammengebunden. Für Sekunden wird mir literweise Wasser ins Gesicht gekippt. Wieder ringe ich nach Luft und kriege nur Wasser. Ein stechender Schmerz in meiner Brust übertönt jetzt all die anderen Schmerzen.

Der Knebel wird entfernt. Grelle Lichter vor mir gehen an. Die weibliche Stimme von vorher schreit mich an: „Schmitt Sie nutzloser Wurm. Sagen Sie mir schon: Wer steckt hinter den Anschlägen? Wer hat Sie beauftragt?"

Vor Schock weine ich einfach nur. Ich bin nervlich am Ende und garantiert kein ausgebildeter Spion. Für das hier bin ich einfach nicht gemacht. In solch einer Situation wollte ich nie sein, aber jetzt bin ich hier.

„Ok, wie Sie wollen," ertönt die männliche Stimme.

Ein Monitor wird vor mir aufgestellt. Die Personen, die sie aufstellen tragen Sturmmasken. Der Bildschirm wird eingeschaltet. Nach kurzem erscheint ein Bild.

Das ist Hannah, meine Prinzessin, meine Königin, die Liebe meines Lebens, aber ihr geht es nicht gut. Sie hat Wunden im Gesicht, blaue Flecken an ihrem wunderschönen Körper. Hannah ist wie ich vorher an Händen und Füßen an einen Stahltisch gefesselt. Sie liegt da, lediglich in ihrer Unterwäsche. Sie zittert und weint. Verdammt, die haben meine Achillesferse gefunden.

„Wenn du uns nichts verrätst, wird deine Hannah leiden," sagt die männliche Stimme in ernstem Ton, „wir werden sie Foltern, bis sie zerbricht und du wirst nicht nur Schuld, sondern auch der Grund dafür sein."

„Eure wahren Identitäten kennen wir bereits und ihr habt den Tod verdient," erklärt die weibliche Stimme, „aber liegt es an dir, wie du den Rest deines Lebens verbringst."

„Wir haben mit unserem Boss geredet," sagt die männliche Stimme, „wir können euch beide nach Kuba schicken, wenn du anfängst zu reden, die Wahrheit zu sagen."

Plötzlich befinde ich mich in einer Zwickmühle. Natürlich will ich nicht, dass Hannah leidet, aber weiß sie, wissen wir, worauf wir uns hier eingelassen haben.

„Rede," schreien mich beide gleichzeitig an.

„Ich weiß nichts," antworte ich verängstigt.

In dem Moment sehe ich auf dem Bildschirm, wie von der Seite eine Peitsche auf Hannah einschlägt. Die Peitsche hinterlässt längliche Wunden auf ihrem Bauch, ihren Busen und ihren Beinen. Mit jedem Hieb zuck sie zusammen und scheint zu schreien. Sie muss höllische Quale erleiden.

Nach zwei Hieben schaltet jemand den Ton ein und ich kann nicht nur alles sehen, sondern es auch hören was ihr angetan wird und das tut mir weh. Ich kann so nicht weiter machen.

„Ok, ok," rufe ich, „ich werde reden, aber bitte lasst Hannah in Ruhe."

Nach einem weiteren Hieb hört die Folter auf. Der Ton wird ausgeschaltet. Dennoch erkenne ich, wie Hannah richtig am Leiden ist. Wie kann so etwas bei offiziellen Behörden in Deutschland passieren? Was ist aus der Würde des Menschen passiert? Ist diese das nächste Grundrecht, welches offiziell gekippt wurde?

„Weise Entscheidung, Schmitt," sagt die weibliche Stimme.

Die männliche Stimme ergänzt, „jetzt reden Sie! Was wissen Sie?"

„Vor einigen Jahren sind wir aus Deutschland geflohen," erkläre ich, „nachdem wir auch aus Israel verbannt wurden, sind wir in Frankreich untergetaucht. Allerdings wurde auch hier die Luft dünn für uns. Als Agenten des DSGE auf uns und unsere Ausbildung aufmerksam geworden sind, haben sie uns auf diesen Auftrag vorbereitet, mit der Aussicht, anschließend in Frankreich abtauchen zu können."

„DSGE sagen Sie?" Hakt die männliche Stimme nach.

„Ja, jemand namens Manuel war unser Kontaktmann. Er hat uns mit falschen Pässen und der Ausrüstung versorgt," erkläre ich weiter.

„Wieso sind Sie plötzlich so redegewandt?“ Fragt die weibliche Stimme, „Ist das etwa auch wieder eine Lüge?“

In dem Moment erkenne ich auf dem Monitor, wie ein Eimer mit Wasser und Eiswürfeln über Hannah gekippt wird. Sie schrickt zusammen und weint. Noch immer leidet sie sehr. Ich muss tun was ich tun muss, um ihre Leiden zu verringern. So kann ich sie nicht einfach so sehen. Das schmerzt zu sehr in meinem Herzen.

„Nein, nein, keine Lüge,“ rufe ich verzweifelt. „Schaut, ich bin Buchhalter. Ich bin in diese Scheiße nur gerutscht, weil ich sie liebe, weil ich Hannah liebe. Ich erzähle euch die Wahrheit, weil ich nicht sehen kann, wie ihr sie foltert. Das hat sie nicht verdient. Ich bin kein Spion. Nein, ich wurde hierfür nicht ausgebildet. Ich bin doch lediglich ein kleiner unbedeutender Bauer im Schachzug der DGSE.“

„Ok, wir werden die Informationen überprüfen,“ bestätigt die männliche Stimme, „wo sind die anderen Attentäter? Wo verstecken die sich?“

„Die anderen?“ Frage ich nach, „ja also wie gesagt, die genaue Route kenne ich nicht. Wie gesagt, ich bin nur ein Bauer im Schachspiel. Nur der Fahrer einer Route kennt seinen eigenen Weg. Soweit ich weiß, sollten wir uns in einem kleinen

Ort bei Husum treffen, um von dort zurück nach Frankreich geschifft zu werden."

Die männliche Stimme hakt nach, „gilt das auch für die Teams in den anderen Städten?"

„Welche andere Städte?" Versuche ich verzweifelt, von meinem Unwissen zu überzeugen.

Glücklicherweise kommen schon fast von alleine die Tränen, als ich fortsetze, „ich bin doch nur ein Bauer im Spiel, ein Buchhalter, mir sagt doch keiner was. Ich bin doch kein Spion."

Von alleine breche ich in Tränen aus, kann mich kaum beruhigen. Ich bin gebrochen. Meine Stärke ist gebrochen. Hannah leiden zu sehen, wegen mir durch höllische Qualen gehen zu sehen, das hat mir den Rest gegeben.

Die weibliche Stimme setzt fort, nachdem ich mich etwas beruhigt habe „wie lange stehen Sie bereits mit dem Neuen Vorhang in Kontakt?"

„Was ist das denn?" stelle ich mich doof.

„Das sind kriminelle Idioten, die zur selben Zeit wie ihr Anschläge verübt haben. Was wissen Sie über die?" Erklärt die männliche Stimme.

„Nichts," antworte ich verzweifelt, „wie gesagt, die Franzosen haben das alles irgendwie organisiert. Wir hatten nur unser Auto, die Route die wir als Touristen abfahren sollen und hier dann unter einer Mülltonne die Anschlagspläne."

Auf einmal höre ich, wie jemand aufsteht und einen Stuhl zur Seite schiebt.

Die weibliche Stimme sagt, „Ok, wir werden die Informationen prüfen. Wenn sich herausstellt, dass Sie gelogen haben, wird es nicht gut enden für Sie und Ihre Hannah. Wollen Sie Ihre Aussage korrigieren oder ergänzen?"

„Wieso sollte ich von der Wahrheit abwei-chen?" Versuche ich der Aussage mehr Gewicht zu geben. „Ich hoffe nur, die Franzosen haben die Spuren nicht zu gut verwischt. Ich lüge nicht, bin doch nur ein verliebter Buchhalter, nur ein Bauer."

„Ok, steckt ihn ins Verließ," befiehlt die weib-liche Stimme.

„Was ist mit Hannah?" hake ich nach, aber es ertönt keine Antwort. Eine Stahltür geht auf und fällt wieder zu.

Zwei maskierte Männer lösen meine Fesseln vom Stuhl, stellen mich auf und schieben mich.

Ich weiß nicht, wie lange ich hier bin oder was alles bereits mit mir passiert ist, aber ich kann kaum gehen, aufstehen, auftreten. Mir fehlt die Kraft. Dann habe ich auch noch unglaubliche Schmerzen, bei jeder Bewegung.

Folglich stützen mich die Wachen und ziehen mich mit sich. Meine nackten Füße schleifen auf einem glatten und teilweise unebenen aber immer kalten Betonboden. In einem Fahrstuhl fahren wir runter. ‚-2' zeigt die Anzeige an.

Der Fahrstuhl hält abrupt. Vor uns ist ein recht dunkler Gang mit einer länglichen und flackernden Neon-Beleuchtung. Der Boden hier im Keller ist durchfeuchtet. Von der Decke tropft es stellenweise.

Am Gang gibt es links verschiedene dunkelblau lackierte Stahltüren mit einer Öffnung im unteren Drittel, die einem Briefkastenschlitz gleicht. Die Wachen ziehen mich weiter. Ich spüre, wie meine Füße immer nasser und kälter werden. Zudem fallen hin und wieder Wassertropfen auf meinen nackten Oberkörper oder meine Beine. Mehr als eine Boxershorts trage ich noch immer nicht.

Der Geruch hier unten ist auch ekelig, eine Mischung aus Kot, Pisse, Schweiß und Schimmel. Was auch immer hier unten passiert ist verborgen vor der Öffentlichkeit. Es kann gut sein, dass Personen, die hier unten landen, nie wieder das Licht der Sonne sehen werden. Ich frage mich, ob die Bevölkerung von diesen Stasi-Methoden weiß, sie vielleicht sogar unterstützt. Oder wird das wie zu Zeiten der DDR Geheim gehalten?

Auf einmal höre ich eine männliche Stimme vor Qualen schreien. Wo bin ich hier? Was passiert mit den Menschen hier?

Weiter geht mein Leben, nimmt Züge an, die ich nie erwartet hätte. All dies nur wegen dieser einen Nacht im Club, die Nacht in der ich Hannah kennengelernt habe und plötzlich ist mein Leben wie im Kino, nur mit echten Gefühlen, Schmerzen und Schwäche. Vielleicht gibt es dieses Mal noch nicht einmal ein Happy End.

Eine der Wachen lässt mich los und öffnet eine Stahltür. Der Raum hinter der Tür ist dunkel und nass. Einer meiner Begleiter betätigt einen Knopf rechts neben dem Eingang. Ein Licht geht an.

Inzwischen flackert rechts oben eine Glühbirne in einem gelb-orangenem Ton. Der Boden ist von wenigen Zentimetern Wasser bedeckt. Eine Außenwand hat Risse, durch welche scheinbar tropfenweise Wasser eindringt. Ist das das Berliner Grundwasser?

In der Mitte er Kammer steht ein durchnässter Holzstuhl mit recht hoher Rückenlehne. Verschiedene Lederbänder hängen vom Stuhl herunter. Über dem Stuhl hängt ein Metallhaken an einer metallenen Kette.

Die Wachen setzen mich auf den Stuhl. Ich liege hier nur so halb bewusst im Stuhl. Die maskierten Männer fesseln mich mit Lederriemen an den Armlehnen, den Oberkörper und Kopf an der Rückenlehne. Die Füße fesseln sie mit Metallfesseln, die aus der gegenüberliegenden Wand kommen. Immerhin kann ich meine nackten Füße am nasskalten Boden ablegen. Beide Begleiter verlassen den Raum. Das Licht flackert noch.

Hin und wieder höre ich immer wieder Schreie aus Nachbarräumen. Dies ist der Abgrund, die versteckte Hölle unserer sozialistischen Regierung. Wo ich schon hier bin, kann ich mir vorstellen, dass zum Schutz des Systems jeder der etwas kritischer denkt in solch einer Zelle landen wird. Das System wird geschützt, die Meinungsfreiheit und das anders denken bestraft. Wenigstens kann ich mich hier mal ein wenig ausruhen.

Nach kurzem öffnet sich die Tür wieder. Einer der zwei maskierten Männer hält einen Stahlbehälter in der Hand. Er hängt ihn über mir, scheinbar am Stahlhaken auf. Er verlässt den Raum weder. Die schwere Tür fällt zu. Ich höre, wie er die Tür abschließt. Das Licht geht aus.

Jetzt sitze ich hier in der nasskalten Dunkelheit. Ich merke, wie von oben Wasser auf meinen Kopf tropft, langsam, tropfen für tropfen. Zudem friere ich. Eine Heizung gibt es hier nicht. Ich trage lediglich Unterwäsche. Es stinkt abartig. Außerdem habe ich Hunger und Durst. Meinen Mund kann ich leider nicht zum tropfenden Wasser hinbewegen. Mir geht es so richtig beschissen.

Mit zunehmender Zeit nehme ich die Kälte in diesem Kerker immer mehr wahr. Ich kann mich kaum bewegen. Mein Kopf ist gefesselt, so auch meine Hände, fest am Stuhl. Meine Beine kann ich bewegen. Diese sind aber schwach, liegen in der Pfütze vor mir.

Die ganze Zeit tropft es zudem auf meinen Kopf, immer auf dieselbe Stelle. Dies treibt mich in den Wahnsinn. Es fängt an zu schmerzen und nervt. Ich spüre, wie ich zunehmend durchdrehe, verrückt werde. Das treibt mich in den Wahnsinn: Das Wasser auf meinen Kopf, die Schmerzen, der Hunger, der Durst und dazu diese abartige Dunkelheit.

Auf einmal schreie ich nur noch, „aah", mehrmals, wiederholt.

Aus anderen Kerkern höre ich auch andere Leute schreien. Hier unten gibt es nichts außer einer Konversation des Grauens und der Dunkelheit. Die Zeit scheint nicht zu vergehen oder vergeht sie? Ich weiß es nicht.

Plötzlich höre ich jemanden meinen Namen rufen: „Steffen, Steffen bist du hier?"

Wer war das, ist das die Stimme meiner Liebe?

Ich fokussiere, konzentriere mich und rufe, „Steffen ist hier, wer möchte das wissen? Aah"

Ja am Ende meiner Frage hat mich ein weiterer Tropfen Wasser wieder ein Stück weiter in den Wahnsinn getrieben.

„Hannah ist hier," antwortet die Stimme, „bist du auch auf einer Streckbank gefesselt?"

Streckbank, Hannah? Oh nein, was haben wir bloß gemacht? Wieso wir? Wieso gibt es so etwas in Deutschland? Wieso sind wir hier. Wie kann das sein? Wären wir bloß in Israel geblieben.

Entschlossen nehme ich all meine Kraft zusammen und rufe, „nein, ich bin am Stuhl gefesselt und es tropft. Ständig tropft es auf meinen Kopf, immer auf dieselbe, aah"

„Wow scheiße, tut mir leid," ertönt Hannahs liebliche Stimme aus der nasskalten Dunkelheit, „die Männer sind zurück."

Als nächste Stufe des Wahnsinns höre ich keine weiteren Worte, sondern viel mehr das leidende Geräusch endloser Qualen in geknebelter Form.

In meinem Kopf kursieren die verrücktesten Gedanken, wie Hannah weiter gefoltert wird und wann diese dämlichen Tropfen auf meinem Kopf endlich aufhören. Hin und wieder rufe ich nach Hannah, schreie ich einfach nur so und weine. Ich habe Hunger, Durst und als ich es nicht mehr aushalten kann, uriniere ich auch in meinen eigenen Sitz.

Jeglicher Sinn für Hygiene, Zeit und Menschlichkeit geht mir hier verloren. Irgendwann merke ich immerhin, wie es nicht mehr tropft. Ich schlafe ein.

Wie die Schweine

Auf einmal höre ich im Halbschlaf, wie mein Kerker geöffnet wird. Meine Fesseln werden gelöst. Zwei maskierte Männer setzen mich in einen Rollstuhl und transportieren mich ab.

Es geht wieder den Gang entlang und in den Fahrstuhl. Wir fahren in den zweiten Stock. Ich werde in einen kleinen Raum mit Schaumstoffpolstern an den Wänden gebracht. Die Decken sind hoch. In etwa 2,50m Höhe verbirgt sich ein kleines Fenster, durch welches das natürliche Sonnenlicht den Raum erhellt.

Ist dies jetzt der Raum der Hoffnung nach der Kammer der Qualen? Wieso aber die Polster an den Wänden?

Die maskierten Männer verlassen den Raum, als jemand neues hereinkommt. Auch sie ist maskiert, trägt aber keine schwarze, sondern eine rosafarbene Sturmmaske.

„Hallo Herr Schmitt," begrüßt mich die weibliche Stimme von zuvor, „erste Indizien zeigen, dass Sie die Wahrheit gesagt haben können. Danke dafür."

Sie verlässt wieder den Raum. Ich vegetiere einfach nur, im Rollstuhl sitzend vor mir hin. Zum

Glück scheinen unsere Komplizen die falschen Beweise richtig gelegt zu haben.

Plötzlich dröhnt eine dunkle Stimme sehr laut in den Raum: „Warum haben Sie sich gegen den deutschen Rechtsstaat gewandt?"

„Was habe ich gemacht?" Rufe ich in den Raum.

Ich versuche zu realisieren, woher die Stimme kommt, oder passiert das etwa nur in meinem Kopf? Bin ich schon verrückt? Die Realität droht, mir aus den Händen zu gleiten.

„Warum haben Sie Ihr Heimatland verraten?" Fragt die Stimme.

Ist das real oder nicht? Wo kommt die Stimme her? Ich spiele einfach mit. Nicht mitzuspielen hat mir bisher nur Qualen gebracht. Vielleicht sollte ich es auch mit der Wahrheit versuchen?

„Die Liebe, nur die Liebe," versuche ich mich verzweifelt herauszureden. Diese Wort kriege ich von Hunger, Durst, Schmerz und Schwäche geprägt nicht gerade sehr laut heraus.

„Was haben Sie gegen Ihr Vaterland? Je schneller Sie reden, desto besser für Sie." Hakt die Stimme nach.

„Nichts," antworte ich, „nichts habe ich gegen das Vaterland. Ich liebe lediglich die Freiheit, die

Freiheit, selbst zu entscheiden, die Freiheit, Innovationen voranzutreiben, die Bewegungsfreiheit und Lebensmittel in den Supermärkten, Medikamente in Apotheken."

„Ihre Freiheit haben Sie sich selbst verspielt. Sie sind ein Terrorist, haben ein Anschlag verübt. Dafür werden Sie zur Rechenschaft gezogen," klärt mich die Stimme auf.

War es das? War Kuba nur ein leeres Versprechen? Werde ich in diesen Kammern des Elends auf ewig weggesperrt sein?

„Die Freiheit wie früher gibt es doch gar nicht mehr," rufe ich verzweifelt und geschwächt in den Raum. „Eigentum wird verstaatlicht, Arbeitsplätze werden zugewiesen. Ihr sagt in eurem System sind alle gleich, aber sind sie das aus der Natur des Menschen? Ich bin es scheinbar nicht, eure Politiker auch nicht und die Bevölkerung, ja, der wird es wahrscheinlich gleichermaßen schlecht gehen, oder gesteht ihr euren Wählern etwa mehr zu?"

Es herrscht Stille, keine Antwort mehr. Eine Stille wie ich sie lange nicht gehört habe. Niemand schreit, keine Türen die auf und zu gehen, kein Wasser, das tropft, noch nicht einmal Vögel oder irgendwas anderes. Es gibt kein Rauschen, keinen Kühlschrank, einfach nichts in diesem Raum. Er scheint schallisoliert zu sein.

In einer Ecke des Raumes gibt es im Boden scheinbar eine Platte, die aufgeschoben werden kann. Was ist das? Ist das ein Ausweg?

Die Zeit in dieser absoluten Stille tut mir auch nicht gut. Das ist ein seltsames Gefühl in meinem Kopf.

„Hallo," rufe ich, aber es ist nichts zu hören, keine Antwort, nichts, rein gar nichts. Es scheint noch nicht einmal ein Echo zu ertönen.

Auch das ist beängstigend. Eine Stille, die mich bedrückt, ein nichts, einfach gar nichts ist hier zu hören. Nichts lenkt ab außer der Muster der Polster an den Außenwänden.

Anstatt komplett verrückt zu werden und durchzudrehen, versuche ich, ein wenig zu meditieren, abzuschalten, Meine Gedanken zu nutzen, um mich mental zu befreien.

Ich nehme mir Zeit zu verstehen und zu fühlen, was hier bisher passiert ist. Ich spüre Schmerzen am ganzen Körper. Noch immer kann ich mich kaum bewegen. Mir geht es dreckig. Was ist bloß aus den Menschenrechten geworden? Wohin ist das Grundgesetz verschwunden?

Früher dachte ich, die Würde des Menschen sei unantastbar. Dann kam diese Regierung und hat die Würde ihrer Bevölkerung bereits angetastet und jetzt das hier. Als Opposition der Regierung gibt es scheinbar gar nichts mehr zu lachen. Ich will doch nur Gerechtigkeit, für jeden, unabhängig von Nationalität, Geschlecht oder sexueller Vorliebe.

„Hallo" schreie ich nach einer Weile so laut ich kann, „hört mich jemand? Ist da jemand?"

Keine Antwort, keine Reaktion, gar nichts passiert, immer noch nicht.

„Ich will einen fairen Prozess," rufe ich vor Verzweiflung.

Egal was ich mache, nichts passiert hier.

Vorsichtig versuche ich, aufzustehen, falle aber gleich wieder hin, auf einen grauen Teppichboden. Wenigstens gibt es hier keinen Betonfußboden.

Zunächst einmal bleibe ich lediglich liegen, mit der Wange auf dem Boden. Ich spüre, wie Muskeln und Knochen schmerzen. Mein Magen schreit nach Nahrung. Mein Hals sehnt sich nach Wasser. Ansonsten gibt es hier nur das Muster des Teppichs und der Wände, die mich ablenken können, sonst nichts.

Unter Qualen versuche ich, mit meinem Körper zu der geheimnisvollen Öffnung am Boden zu ziehen. Je näher ich komme, desto merkwürdiger wird der Geruch im Raum. Es dauert eine gefühlte Ewigkeit, aber ich schaffe es.

Vorsichtig ziehe ich die Platte auf und es kommt ein starker Geruch heraus, eine Mischung von Chemikalien, Kot und Pisse. Das muss die Toilette sein. Mit aller Kraft verschließe ich die Öffnung wieder und krieche soweit mich meine Arme ziehen und Beine schieben.

Dort liege ich dann noch immer auf dem Bauch. Langsam drehe ich mich zunächst auf die Seite, dann auf den Rücken. Achja, da war ja auch noch das Fenster. Selbst, wenn ich mich hier drin wie ein Gewitter fühle, wie im Auge eines Tornados, dort draußen ist der Himmel blau und die Sonne scheint. Hin und wieder erkenne ich ein kleines Wölkchen oder ein Vögelchen vorbeifliegen. Was würde ich nicht alles dafür geben, frei wie ein Vogel zu sein. Dann könnte ich einfach rausfliegen, wenn dieser Käfig nur offen wäre.

So liege ich einfach nur auf dem harten, aber trockenen Teppichboden und versuche, mich zu erholen, zu meditieren und zu Kräften zu kommen. Einmal glaube ich auch eine Drohne oben am Fenster gesehen zu haben. Es scheint, als gebe es hier eine 360 Grad Überwachung.

Wäre doch bloß meine Hannah hier bei mir. Aber diese Unsicherheit, das Unwissen was mit ihr passiert ist, ist nicht nur die Spitze des Eisbergs der Qualen, sondern auch ein großer Anteil des Eises unterhalb des Meeresspiegels.

Ich schlafe für wenige Augenblicke, als plötzlich die mysteriöse Stimme wieder lautstark ertönt: „Fütterungszeit".

Ein lautes maschinelles Klicken und das quälende Geräusch des aufeinander Reibens von Metallplatten ertönt.

Überraschend schnell drehe ich mich auf die Seite. An einer Seitenwand öffnet sich ein kleines Stück der Wand. Die Wandpolsterung ist nach oben geklappt.

Was bedeutet das jetzt? Bekomme ich essen oder werde ich verfüttert?

Vollkommen verängstigt sammle ich all meine Kraft und krabble in die andere Ecke des Raumes. Ich drehe mich zur Öffnung. Was passiert da? Was kommt da?

Die Öffnung des Lochs ist abgeschlossen. Es ist vielleicht einen Quadratmeter groß. Dahinter ist es dunkel. Die Außenwände sehen silbern-metallisch aus, wie ein Lüftungsschacht in den Krimifilmen.

Mit der Stille ist es vorbei. Langsam höre ich, wie sich etwas da drinnen bewegt Irgendetwas da drin stößt gegen Metallplatten. Es kommt aber nichts und niemand heraus. Merkwürdige Geräusche kommen von da drinnen. Irgendwas passiert da, aber was? Gibt es da vielleicht was zu essen für mich?

Noch etwas zurückhalten krabble ich näher. Der Metallschacht verläuft dort über einige Meter und mündet in einem anderen Raum mit künstlichem, flackerndem Licht.

Vorsichtig wage ich mich in den Schacht. Je näher ich komme, desto mehr Personen erkenne ich. In Summe sind es aber nur zwei. Beide in Unterwäsche und am Kriechen. Nach etwa drei Metern bin ich in dem anderen Raum. Dieser wird nach oben durch einen Drahtgitter begrenzt. Oberhalb ist niemand zu sehen, lediglich das rote Blinken einer Kamera.

Der Fußboden ist dreckig, mit Essensresten und Blut, Es riecht außerdem auch nach Urin und Kot. Links in der Ecke wurden durch ein Gitter Holzboxen herabgelassen. Die beidenMänner essen dort mit den Händen.

Schnell wage ich mich auch dort hin. Ein etwas dickerer Mann macht mir Platz.

„Du bist neu hier," kommentiert er.

„Ja," flüstere ich leise.

„Iss was du kannst und nicht reden," empfiehlt er mir.

Also greife ich in die Boxen. Das ist ein Mix aus Weißbrot, rohen Kartoffeln, Spinat und Bohnen. Das beste Essen ist das sicherlich nicht, aber der Hunger treibt es rein.

Rechts daneben stehen Plastikflaschen gefüllt mit Wasser. Ich schlinge eine, nein sogar drei Flaschen direkt in mich hinein. Bei der dritten Flasche verschlucke ich mich, Spucke einiges wieder aus, direkt auf den dreckigen und stinkenden Boden.

Etwas später schaue ich mich auch hier um. Zwei Männer sind hier neben mir, aber fünf Eingänge. Am Ende jedes Eingangs ist es hell. Folglich sind sie offen. Was verbirgt sich hinter den anderen Tunnels? Ist da vielleicht auch Hannah? Vielleicht auch Pfeiffer?

Ich täusche vor, zu essen und frage den Mann mit Schnäuzer von vorher leise und unauffällig: „Aus welchen Eingängen kommt ihr?"

„Mein Tunnel ist rechts neben deinem. Fritz lebt gegenüber von dir," antwortet der Unbekannte.

„Öffnen immer alle Gänge, oder nur wenn jemand drin ist?" Will ich Details erfahren.

„Manchmal kommt niemand raus," ertönt die Antwort.

Als wäre es ganz normal krabble ich in Richtung eines der anderen Tunnel. Von hier aus scheint der Raum leer. Also schleiche ich zum anderen unbekannten Tunnel.

Dort kann ich zwei vermutlich weibliche Füße erkennen. Sie sind blau unterlaufen. Die Haut ist eigentlich schon eher braun. Ist das Hannah?

Ich muss es versuchen, vielleicht ist es ja sie. Ich muss sehen, wie es ihr geht.

Als ob es meine Kabine wäre, krabble ich weiter in den Tunnel. Je näher ich komme, desto mehr glaube ich, sie zu erkennen: Blaue flecken von der Streckbank und anderen Schlägen, aufgeplatzte Haut von den Peitschenhieben. Ohre Haare scheinen frisch rasiert zu sein. Sie liegt dort bewusstlos, regungslos.

Kurz bevor ich den Eingang in ihre Kabine erreiche, wird auf einmal ein Alarm ausgelöst. Die Wand in ihrem Raum verschließt sich.

Ich nehme all meine Kraft zusammen und eile in ihre Richtung. Scheinbar in letzter Sekunde schaffe ich es zu ihr, ohne dass mein Bein eingeklemmt der sogar abgetrennt wird. Der Gedanke, gleich bei ihr zu sein hat mir scheinbar Flügel verliehen.

Besorgt bis unter die Haut krieche ich näher an sie heran. Ich streiche ihre verwundete und nicht

mehr sanfte Haut, wie sie dort liegt, in blutge-
tränkter Unterwäsche.

Wenigstens erkenne ich von hier, dass sie noch
atmet. Mit meiner letzten Energie ziehe ich mich
weiter in Richtung ihres Gesichts und gebe ihr einen Kuss auf die Lippen. Selbst ihr Wunderschö-
nes Gesicht zeigt Folgen endloser Qualen von
Folter. Es tut mir so unendlich leid und weh, sie
so zu sehen.

Machen kann ich jetzt aber nichts. Wenn wir
hier jetzt wie Schweine gehalten werden, dann
sollten wir erst einmal zu Kräften kommen bevor
wird irgendwas unternehmen können.

Noch weiß ich nicht, wie lange ich hier bei ihr
bleiben kann, also nutze ich die Zeit, liege einfach
neben ihr, umarme sie. Vielleicht spürt sie das ja.
Vielleicht nimmt sie es wahr und es tut ihr gut,
hilft ihr.

Nur wenige Sekunden später ertönt dieselbe
dunkle und verzerrte Stimme aus den Ecken wie
auch in meiner Kammer: „Schmitt, sie haben sich
in den falschen Stall getraut. Dies wird Konsequenzen mit sich bringen."

Die Tür wird mechanisch entriegelt. Sie öffnet
sich. Zwei maskierte Männer kommen herein und
tragen mich an beiden Schultern heraus. Meine
nackten Füße schleifen wieder einmal am Boden,
aber ist dieser jetzt nicht nass und kalt.

Außerhalb des Raumes von Hannah stülpen mir die Männer einen Sack über den Kopf. Sie ziehen mich weiter, bis wir scheinbar im Fahrstuhl landen. Geht es jetzt wieder runter in die Folterkammern? Wieso dann der Sack? Ich kenne den Weg.

Nein, der Fahrstuhl fährt hoch.

Nach kurzem ziehen sie mich weiter. Sie hängen mich im Stehen an etwas Kaltem auf. Vermutlich ist es eine Stahlwand. Etwas das sich wie Lederriemen anfühlt fesseln meinen Oberkörper, Arme und Beine an diese Wand. Durch den Sack kann ich nicht viel erkennen, lediglich Lichter. Wir scheinen in einem hellen Raum zu sein.

Eine verzerrte Stimme ertönt laut: „Steffen Schmitt, sie haben gegen die Hausordnung verstoßen. Sie waren in einer fremden Kabine. Verstöße gegen die Hausordnung werden hart bestraft. Vergessen Sie nicht, wenn Sie kein Terrorist wären, sondern die Bundesrepublik unterstützen würden, wären Sie jetzt nicht hier, sondern frei."

Kurz darauf verstummt die Stimme. Die Stille erhält Einzug. Von irgendwo hier nehme ich Schritte wahr und ein Tropfen. Was wird das jetzt? Was passiert mit mir, was ist die Strafe?

Die Sekunden vergehen. Sie fühlen sich wieder wie die Ewigkeit an. Etwas gestärkt vom Essen, aber zumeist noch schwach von all den Qualen und der Ungewissheit was hier passiert und wann es Hannah endlich wieder besser geht.

Auf einmal höre ich ein Zischen, gefolgt vom plötzlichen und unglaublich brennenden Schmerz auf meiner Haut. Parallel zum Schmerz ertönt ein Geräusch wie von einem Peitschenhieb. Ist das die Strafe? Werde ich gepeitscht?

Dem folgen noch neun weitere Hiebe. Ich schreie vor Schmerzen, fühle mich unglaublich schwach. Nach den zehn hieben hänge ich noch weiter, immer in dem Unwissen was als nächstes passiert. Ich hänge einfach runter an der kalten Stahlwand in den Lederriemen. Bei jedem kleinen Geräusch zucke ich zusammen. Immer befürchte ich neuen Schmerz, eine neue Quelle der Qualen, eine zusätzliche Strafe. Ich heule, jammere, hänge in den Seilen.

Nach einer gefühlten Ewigkeit kommen wieder Schritte näher. Ein Wasserstrahl spritzt mich ab. Dann auch den Fußboden. Ich spüre die Spritzer vom Fußboden auf meiner Haut. Sie erinnern mich sofort an die Zeit in der Folterkammer in der ständig Tropfen auf meinem Kopf landeten. Jedes Mal, wenn wieder Spritzer an meinen Beinen landen schrecke ich zusammen, schreie kurz auf.

Schließlich rollt etwas Neues und Unbekanntes heran. Was ist das jetzt für eine Maschine? Was kommt jetzt schon wieder?

Ich werde von den Fesseln gelöst und in einen Rollstuhl gesetzt. Für einige Zeit fahren wir herum, während ich einen unglaublichen rennenden Schmerz an Bauch, Brust und Beinen spüre. Der inzwischen auch nasskalte Sack kühlt zumindest mein Gesicht. Inzwischen bin ich mir sicher, dass ich keinen Alptraum habe. Ich lebe einen Alptraum. Solch einen Schmerz gibt es in Träumen nicht. Niemand sollte durch diese Folter durch.

Wir fahren im Fahrstuhl herunter. Schließlich halten wir an. Kurz darauf höre ich eine Stahltür sich schließen und verriegeln.

Noch immer regungslos mit halbem Bewusstsein und geschockt sitze ich hier im Rollstuhl wie ein Schluck Wasser in der Kurve, mit Sack überm Kopf und nehme nicht wirklich irgendwas wahr.

So vegetiere ich einige Zeit vor mich hin, nicke hin und wieder ein wenig weg. Wenn ich schlafe, spüre ich zumindest zeitweise meine Schmerzen nicht, doch genau der ist es, was mich immer wieder wachrüttelt.

Irgendwann wage ich es schließlich. Ich nehme den Sack von meinem Kopf. Wieder befinde ich mich in einer weißen Zelle. Sie sieht genauso aus wie meine alte, aber bin ich in derselben Zelle? Oder wurde ich jetzt weiter von Hannah getrennt?

Ich stütze mich am Rollstuhl ab, aber stürze auch wieder zu Boden. An mich herabschauend erkenne ich Wunden, wie jene die Hannah auch hatte.

Auf dem weichen, aber etwas kratzigem grauen Teppichboden liege ich jetzt erst einmal, versuche zu schlafen, mich zu erholen, nicht wieder gegen die Hausordnung zu verstoßen.

Der ganze Stress macht mich zumindest müde, erlaubt es mir zu schlafen, übertönt die Gefühle der Unsicherheit und Nervosität. Schlimmer wäre es nur, wenn ich vom Schlafen abgehalten werden würde wie in der Kabine mit dem Tropfenden Wasser. Zum Glück habe ich geredet und zum Glück scheint das Alibi nachweisbar zu sein.

Da ich aber geredet habe, wundere ich mich, was passiert mit Pfeiffer? Wo ist Pfeiffer? Wann kann ich Hannah endlich wiedersehen? Wird sie sich erholen?

Teilweise dösend, teilweise schlafend liege ich also da, wie ein abgesondertes Lebewesen, ganz hilflos und allein.

Plötzlich werde ich wieder durch die Stimme geweckt: „Fütterungszeit."

Wieder startet der Lärm der sich öffnenden Klappen.

Während ich auf die Klappe warte, bemerke ich außerdem, dass der Sack und der Rollstuhl nicht mehr da sind. Irgendwer muss hier drin gewesen sein, als ich geschlafen habe.

Ich krieche wieder den Gang entlang, esse und trinke, ohne ein Wort zu sagen und schaue den Gang hoch wo Hannah liegen müsste. Ja, da ist sie zum Glück. Noch immer liegt sie dort regungslos. Wenn Sie bloß hier wäre. So sitze ich einfach mit Blick auf ihre immer noch blauen Füße und starre sie an. Wenn ich ruhig sitze, spüre ich zumindest weniger Schmerz.

Nach einiger Zeit kommt die Ansage, „geht jetzt zurück in den Stall."

Fritz und der Mann mit dem Schnäuzer gehen zurück. So mache auch ich mich auf den Weg. Mein Schacht schließt, ich lege mich auf den Teppich und schaue aus dem Fenster. Aktuell scheint es draußen zu regnen.

So verbringe ich Stunden in meinem Stall. Vier weitere Mahlzeiten esse ich und kehre zurück. Jetzt mache ich alles richtig, keine Strafe. Zwischendurch gibt es scheinbar einmal täglich eine Video-Stunde. Es werden vermeintliche Dokumentarfilme gezeigt, die den Sozialismus und noch viel mehr den ökologischen Sozialismus als Lösung aller Probleme darstellt.

Bei der nächsten Mahlzeit schließlich passiert etwas. Ich schaue in den Gang zu Hannah, aber ihre Füße sind nicht mehr da. Wo ist sie? Was ist mit ihr passiert?

Durch einen Perspektivwechsel versuche ich, einen anderen, neuen Blickwinkel zu erhalten. Im spitzen Winkel erkenne ich sie, noch sichtbar geschwächt in einer Ecke zusammengekauert dasitzen.

Ich mache ein Zischgeräusch, einmal, zweimal. Schließlich sieht sie mich. Sie scheint, mich rufen zu wollen, aber ich lege gerade noch rechtzeitig meinen Zeigefinger auf die Lippen, signalisiere ihr, nichts zu sagen.

Vorsichtig kommt sie näher. Ich krabble zurück zum Essen und nehme mir wieder etwas. Heute gibt es Kartoffeln mit Brokkoli, selbstverständlich roh Dieses Mal in Wasser.

Auf einmal spüre ich, wie jemand, wie Hannah meine Beine berührt. Ihr kalter Körper streicht meinem entlang, als sie zum Essen krabbelt.

„Wie geht es dir?" Flüstert sie.

„Ganz gut, wir dürfen aber nicht sprechen, sonst werden wir bestraft," antworte ich, „bist du ok?"

„Ok, ja," antwortet sie.

„Dann stärke dich, iss was. Was anderes gibt es hier nicht," erkläre ich ihr, als die Stimme wieder ertönt.

Sie sagt: „Schweine sprechen nicht. Erste Verwarnung für sie beide."

Sofort sind wir still, sagen nichts mehr. Wir setzen uns mit etwas Abstand gegenüber und schauen uns einfach nur tief in die Augen. Da ist sie, die Hoffnung, der Motor, der uns am Laufen hält, nur frage ich mich, wie wir uns aus dieser misslichen Lage befreien können. Vielleicht werden wir ja wirklich nach Kuba geschickt. Vielleicht können wir in Kuba fliehen. Ich hoffe lediglich, dass es dann noch einen Ort zum Fliehen gibt. Immer mehr Länder werden schließlich für uns unbewohnbar. Wahlergebnisse werden gefälscht, Wählerstimmen gekauft und die Opposition klein gehalten.

Ich glaube sogar, den Mann mit dem Schnäuzer schon einmal auf einem politischen Plakat der liberalen Partei gesehen zu haben. Wie ist der hier bloß gelandet? Was machen die mit dem? Was machen die mit uns?

Am Ende der Fütterungszeit gehen wir wieder in unsere Ställe, wo ich mich hinlege, erhole und schlafe. In der Nacht gelingt es mir sogar, Sterne zu sehen. Selbst eine Sternschnuppe war dabei.

Da es Hannah glücklicherweise inzwischen scheinbar wieder etwas besser geht, wünsche ich mir bei Angesicht dieser Sternschnuppe, dass wir hier rauskommen. Ein sauberes und funktionierendes, durch Freiheit bestimmtes politisches System ist wohl zu viel verlangt. Vielleicht klappt es aber mit der Freiheit für uns.

Der nächste Tag verläuft wie jeder andere Tag hier. Morgens gibt es essen, danach gibt es denselben Dokumentarfilm, warum das System das Beste ist. Zu Abend gibt es dann wieder was zu futtern. Während der Mahlzeiten essen wir. Hannah und ich schauen uns nichtssagend tief in die Augen. Glücklicherweise erkenne ich, wie sie jede Stunde neue Kraft gewinnt, so auch ich.

Am Abend liege ich wieder da, schaue in die Sterne und träume von der Freiheit.

Wenn Sterne sprechen

An diesem Abend träume ich davon, wie Hannah und ich an einem Strand entlanglaufen, lediglich wir zwei, sonst niemand. Die Sonne strahlt, der Sand ist weiß und das Meer blau. Hinter dem Strand tun sich einige kleine lokale Häuser auf, wie in der Karibik. Dieses kleine Örtchen ist umrandet von Wald. Uns geht es gut hier, wir sind glücklich.

Plötzlich werde ich von merkwürdigen Geräuschen geweckt. Irgendwas oder irgendwer ist dort auf dem Dach. Ich schaue raus aus dem Fenster. Irgendetwas bewegt sich da. Es scheint, als huschen Schatten vor dem Fenster herum. Was hat das zu bedeuten? Was passiert hier bloß oder träume ich noch? Was haben uns die Sterne zu sagen? Wird mein Wunsch der Sternschnuppe sogar wahr?

Das Fenster öffnet sich. Eine Trittleiter wird durch das Fenster hindurch abgeseilt.

Eine bekannte Stimme flüstert: „Steffen komm schnell, klettere hoch."

Langsam mache ich mich auf, gehe zur Hängetreppe. Noch immer schwach, hangle ich mich langsam die Stufen hoch. Oben angekommen werde ich die letzten Zentimeter mit hochgezogen. Es ist Finn. Finn ist hier, um mich zu retten. Er klettert hinter mich und sichert mich.

Zur Seite schauend erkenne ich, dass zeitgleich auch einige andere Gefangene befreit werden.

„Habt ihr Hannah?" Frage ich mit geschwächter Stimme.

„Ja, Lisa befreit sie," erwidert Finn.

All die Hängeleitern sind scheinbar an jeweils einer großen Drohne befestigt. Einige Drohnen erkenne ich hier. Da sind Fritz vom Essen, der Politiker mit dem Schnäuzer und auch Hannah sowie sonst noch jemand Fremdes.

„Was ist mit Pfeiffer?" Hake ich nach.

„Pfeiffer wurde bereits abtransportiert. Er ist in einem Konvoi in Richtung Sibirien," klärt mich Finn auf. „Genau in diesem Moment sind Kollegen aber dran, den Konvoi zu stoppen. Wenn alles klappt, sind wir schon bald wieder vereint."

Das hoffe ich doch. Das wäre der Wahnsinn. In meinem Stall hatte ich schon die Hoffnung aufgegeben. Jetzt hänge ich hier, nur wenige Meter von Hannah entfernt. Sie ist zum Greifen nah, wie auch bei den Mahlzeiten, aber sind wir der Freiheit jetzt schon wieder etwas näher.

Langsam entfernen wir uns an den Drohnen hängend wieder von dem Gebäude. Die fliegenden Maschinen sind unglaublich leise. Zugleich erzeugen sie einen starken Wind, der mich frieren lässt. Diesen Preis zahle ich aber gerne für meine Freiheit.

Auf einmal der Hausalarm der Anstalt.

Der erste Gedanke, der mir in den Kopf kommt: ‚Hoffentlich erwischen die uns nicht mit eine dieser EMP-Kanonen oder Gewehren.

Wir fliegen schnell höher, doch sind wir noch nicht weit genug entfernt, um zu hören wie jemand ruft: „Sie sind nicht mehr in den Ställen."

Jemand anderes ergänzt etwas später: „Da hängen sie, die Schweine."

Es ertönen Schüsse. Fritz scheint getroffen zu sein. Er schreit. Blut tropft herunter.

Immer weiter fliegen wir weg. Ich weiß nicht, wo genau wir uns befinden. Die Umgebung erkenne ich nicht. Berlin ist das nicht. Hier sind Berge in direkter Nähe. Es gibt keine Großstadt, sondern vielmehr ein großes Dorf.

Nach kurzer Zeit erkenne ich in der Ferne, wie sich uns Hubschrauber nähern.

„Da kommen Hubschrauber," teile ich Finn mit.

Er schaltet alle Lichter ab. So tun es auch die anderen. Von jetzt an sind wir im Blindflug unterwegs.

In einem naheliegenden Waldstück gehen wir runter. Die Drohnen lassen sich zu Koffern zusammenfalten. Die Fünf Helfer schieben einen riesigen Stein, den Eingang zu einer Höhle frei. Alsbald möglich betreten wir diese. Zwei der Helfer bleiben draußen und verschließen den Eingang wieder. Finn und die beiden anderen helfen mir Griffen von innen. Finn meint, sie würden in der Nähe wohnen, seien verdeckte Ermittler und würden wieder nach Hause gehen.

Die Höhle ist dunkel und nasskalt. In mir kommen Erinnerungen an das Verließ der Folter von vor wenigen Tagen wieder hoch, aber dennoch anders. Ich habe meine Hannah bei mir.

Finn und seine Kollegen haben in der Höhle bereits Proviant, Heizdecken, Kerzen, Taschenlampen und Ersatzkleidung bereitgelegt. Die Flucht wurde sorgfältig geplant und vorbereitet.

Die Helfer führen einen ersten groben Gesundheits-Check durch, bevor sie uns Raum geben, Platz und Zeit zum Ausruhen, zum Schlafen. Verschiedene Räume innerhalb dieser Höhle sind sogar mit Luftmatratzen ausgestattet. Hannah und ich suchen uns eine und legen uns schlafen, schlafen nebeneinander ein. Endlich sind wir wieder vereint. Endlich finden wir wieder einen Platz des Friedens, sogar in der nassen Dunkelheit dieser Höhle.

Für zwei Nächte bleiben wir in der Höhle. Wir erforschen die Gänge weiter, finden kleine Luftschlitze, welche natürliches Licht und frische Luft schenken. Außerdem finden wir auch eine unterirdische, natürliche Quelle von Wasser, einen unterirdischen See sozusagen. Die meiste Zeit warten wir aber, warten, bis sich der erste Trubel gelegt hat, also bis die zwei einheimischen Helfer uns die Höhle wieder öffnen.

Außerdem haben wir in der Höhle auch die Chance wahrgenommen, Finn und die anderen ein wenig besser kennenzulernen:

Fritz, der angeschossen wurde ist oder war ein Unternehmer. Er wollte sich nach der Zwangsverstaatlichung seines Unternehmens wieder für mehr Freiheit einsetzen. Sein Chat wurde allerdings überwacht. Er wurde inhaftiert, das heißt, er wurde nachts geheim abtransportiert.

Marcel ist der Oppositionspolitiker mit dem Schnäuzer. Er hatte Unruhen in seinen Wahlkreis gebracht. Die Menschen haben angefangen, die Regierung in Frage zu stellen. Dieser beginnende Tsunami wurde dann mit Lügen über ihn abgeschwächt. Am Ende habe er sich abgesetzt, wurde allerdings eingesperrt und gefoltert.

Frank ist der dritte Unbekannte. Er ist Journalist und hat Regime-kritische Artikel verfasst und veröffentlicht. Diese waren in Deutschland nie zu lesen. Trotzdem wurde er eines Nachts einfach in den Käfig gebracht.

Finn und seine Kollegen sind Agenten und natürlich hier, um uns zu helfen, uns zu befreien.

Sie haben berichtet, dass sich die politischen Beziehungen zwischen den verschieden sozialistischen Lagern in den letzten Tagen immer weiter zuspitzen. Die deutsche Kanzlerin Müller ist gar nicht gut auf die französische Regierung zu sprechen.

Die Gebäude, welche Ziel der Anschläge waren, seien wirklich die angezielten Gebäude gewesen. Das Internet sei in den letzten Tagen bereits wieder freier gewesen, allerdings droht, dies lediglich ein Tropfen auf dem heißen Stein gewesen zu sein. Die russische Regierung hat der deutschen Kanzlerin bereits Unterstützung angeboten.

Wir drei, also Hannah, Pfeiffer und ich, sind glücklicherweise die einzigen drei Agenten, die festgenommen wurden. Florian und Sarah sind in Sicherheit und warten bereits in Schweden auf uns. Außerdem vernehmen sie auch Hakki, aber mit Würde.

Leider haben wir in der Höhle bewusst keine Möglichkeit der Kommunikation mit der Außenwelt. Jede Art von Kommunikation könnte uns auffliegen lassen.

Der Plan ist, zu Fuß in Richtung eines kleinen Sportflughafens zu fliehen, sobald die Luft rein ist und von dort in kleinen Fliegern in verschiedene Richtungen zu entkommen.

Hannah und ich werden natürlich zusammenbleiben. In den Tagen in der Höhle haben wir auch wieder die Möglichkeit, uns näher zu kommen. So sehr haben wir uns danach gesehnt, sogar wenn die Wunden immer noch schmerzen. In diesem Fall lässt die Leidenschaft die Leiden verschwinden, nachdem sie bei der Folter Leiden schuf.

Am dritten Tag wird die Höhle zum Abend hin wieder geöffnet. Angespannt stellen wir uns auf, richten unsere Waffen in Richtung des Eingangs. Wer mag das wohl sein, sind das unsere Freunde?

„Wir sind es Max und Jakob," ruft eine der Personen, „sonst niemand. Die Luft ist rein. Interne Quellen vermuten, dass ihr bereits außerhalb des Landes seid."

Also helfen wir, den Eingang mit zu öffnen, Draußen sind wirklich nur Max und Jakob. Wir packen unsere Sachen und verlassen die Höhle. Diese verschließen wir dann auch wieder.

Kurz vor Sonnenuntergang machen wir uns schließlich zu Fuß auf den Weg in Richtung Westen.

Erst noch ohne Taschenlampe, später dann mit Licht stapfen wir durch den Wald. Zunächst macht uns das Rascheln von Blättern und das Knacken von Ästen noch nervös, selbst wenn wir es verursachen. Später sind wir dann schon gelassener.

Wir wandern fernab von jeglicher Zivilisation. Sobald wir Lichter oder irgendwas Anderes Auffälliges sehen, nähern wir uns nur langsam. Nach einigen Stunden, kurz vor 1 Uhr morgens erreichen wir den Hangar eines Sportflughafens.

Anstatt dort bereits früh aufzuschlagen und Verdacht zu erregen, entschließen wir uns, im Laub im Wald zu schlafen. So kalt ist es heute nicht und trocken auch. Zudem ist der Boden hier angenehmer als in der Höhle oder im Stall. Max und Jakob gehen wieder zu ihren Familien.

Mit Sonnenaufgang weckt uns Finn auf. In verschiedenen privaten Jets machen wir uns auf den Weg , verteilen und in Deutschland, um das Land dann zu verlassen: Hannah und ich, Finn und seine Kollegen sowie Fritz, Marcel und Frank.

Hannah und ich fliegen mit einem Piloten namens Hermann in Richtung Norden. Von der

Grenze zu Tschechien aus fliegen wir einen kleinen Sportflughafen an der Ostsee an. Der Flug verläuft reibungslos. Von Kiel aus nehmen wir wieder mit gefälschten Ausweisen eine Fähre in Richtung Dänemark.

Auf einem Fernseher in einem Bistro erkenne ich, dass inzwischen nach uns gefahndet wird. Wir seien bewaffnet und sehr gefährlich, gesucht wegen verübten terroristischen Anschlägen. Die gute Nachricht: Auch nach Pfeiffer wird gefahndet. Also scheint auch er entkommen zu sein.

Hannah und ich, wir verhalten uns unauffällig. So kurz vor der Rettung wollen wir unser Wohlergehen nicht mehr riskieren.

Anhang

Personen

Folgende Personen sind wichtiger Bestandteil der Geschichte.

Name	Funktion	Position
Finn	Koordinator / Vertrauensperson	MIVD Agent
Florian	Neue Vertrauensperson	BfV Agent
Frank	Mit-Insasse	Journalist
Fritz	Mit-Insasse	Unternehmer
Hakki	Verräter	BfV Agent / Sicheheit
Hannah	Flirt und Liebe	BfV Agentin
Ida		Mossad Agent
Jakob	Fluchthelfer	MIVD Verdeckter Ermittler
Leo		Mossad Agent
Marcel	Mit-Insasse	Politiker
Max	Fluchthelfer	MIVD Verdeckter Ermittler
Melinda		CIA Agent
Michael Pfeiffer	Neue Vertrauensperson	BfV Agent Ambitionen zu Europol

Schmitt und Team gegen das Regime

Name	Funktion	Position
Sarah	Neue Vertrauensperson	BfV Agent
Steffen Schmitt	Ich-Erzähler & Protagonist	Ursprünglich Buchhalter
Victor		CIA Agent
Yaron		Mossad Agent

Anhang

Über den Autor

Simon Sprock ist ein ambitionierter freiberuflicher Unternehmensberater, Krebsbesieger und leidenschaftlicher Autor. Über viele Jahre trainiert er seine Fähigkeiten in den Bereichen Finanzen & Controlling, Strategie sowie dem Schreiben entwickelt. Im Oktober 2018 wurde sein autobiographischer Roman „#Krebspatient" vom Verlag tredition zum Buch des Monats gekürt.

Simon liebt es, Geschichten zu erzählen, mit denen er über Emotionen und Inspiration Tugenden wie Positivismus und Motivation verbreiten kann. Sein Ziel ist es, ein Licht in den Köpfen seiner Leser zu entflammen, sie zu inspirieren und zu neuen Kräften zu motivieren.

Nach jahrelanger Arbeit in der Berliner Startup-Szene, findet er sich plötzlich in einem Kampf gegen den Krebs wieder. Am Anfang war dies ein schwerer Schlag mit schlechten Prognosen, aber mit dem Glauben an sich und dem Können der Ärzte hat er es geschafft. Seitdem nimmt er sein Leben noch mehr selbst in die Hand und realisiert zunehmend seine Träume.

Neben dem Schreiben und der Unternehmensberatung entwickelt Simon unter „Sprock Ventures" auch Projekte wie simonsprock.com, coachiendo.com und falamoda.com

(Berlin, 04.01.2020, für Updates schaue auch auf http://www.simonsprock.com)

Weitere Werke von Simon Sprock:

Bereits erschienen:
> "Stop drifting, be alive" (2017), Abenteuer
> „Europa, auferstanden aus Ruinen" (2017), Science-Fiction
> „Lass uns Weihnachten retten" (2017), Kinderbuch
> „#Krebspatient" (2018), Ratgeber und Erfahrungsbericht

- Bücher aus der Reihe „Rote Fahnen im Wind":
> Buch 1: „Agent Pfeiffer und die Klassenfeinde"
> Buch 2: „Agent Pfeiffer als goldener Reiter"
> Buch 3: „Schmitts Intermezzo"

Weitere neue Werke, sowie auch Sachbücher sind aktuell in Bearbeitung.

Zeitfracht Medien GmbH
Ferdinand-Jühlke-Straße 7
99095 Erfurt, Deutschland
produktsicherheit@kolibri360.de